A ÚLTIMA PRINCESA

GALAXY CRAZE

A ÚLTIMA PRINCESA

TRADUÇÃO DE TATIANA MACIEL

iD editora

Título do original: *The Last Princess*

Coordenação editorial – Lenice Bueno da Silva
Assistente editorial – Patrícia Capano Sanchez
Tradução – Tatiana Maciel
Preparação de originais – Alexandra Fonseca
Revisão – Sandra G. Cortés
Coordenação de edição de arte – Camila Fiorenza
Diagramação – Cristina Uetake e Vitória Sousa
Arte de capa – Steve Stone
Design de capa – Elizabeth H. Clark
Coordenação de bureau – Américo Jesus
Pré-impressão – Alexandre Petreca, Everton L. de Oliveira Silva,
Hélio P. de Souza Filho e Marcio H. Kamoto
Impressão e acabamento – Corprint Gráfica e Editora Ltda.

Dados Internacionais de Catalogação na Publicação (CIP)
(Câmara Brasileira do Livro, SP, Brasil)

Craze, Galaxy
A ultima princesa / um romance de Galaxy Craze ;
tradução de Tatiana Maciel. — São Paulo : Moderna, 2012.

Título original: The last princess.
ISBN 978-85-16-08259-8

1. Ficção norte-americana. I. Título.

12-11187 CDD-813.5

Índice para catálogo sistemático:
1. Ficção : Literatura norte-americana 813.5

Editora Moderna Ltda.
Rua Padre Adelino, 758, Belenzinho – 03303-904 – São Paulo, SP
Vendas e atendimento: Tel.: (11) 2790-1300
Fax: (11) 2790-1501
www.editoraid.com.br
Impresso no Brasil, 2012

Para Rowan

E para meus editores, Joelle Hobeika e Cindy Eagan

Prólogo

O DIA COMEÇOU COMO UM SONHO VÍVIDO E BELO. ERA UM DAQUELES raros dias em que o sol tinha saído e sua luz estava suave e morna, com um tom de amarelo vivo. Estávamos no jardim, apenas minha mãe e eu. Mary tinha saído com papai, mas, como minha mãe estava grávida de oito meses e sentindo-se muito cansada, fiquei para lhe fazer companhia.

— Oh! — minha mãe colocou as mãos na barriga.

Tínhamos preparado um piquenique com tapetinhos de bambu, uma toalha de mesa xadrez verde-limão, e alguns travesseiros para nos recostar.

— Acho que seu irmão está querendo se juntar a nós.

Eu estava estendendo a mão para tocar na enorme barriga dela e sentir meu irmão se mexer quando escutamos a voz de Rupert, nosso mordomo, nos chamando. Era uma entrega.

Em pé à porta estava um lindo rapaz de cabelo cacheado e dourado. Ele trazia nas mãos uma cesta de frutas frescas e maduras. Frutas que eu nunca tinha visto: pêssegos e ameixas, damascos e maçãs, morangos vermelho-escuros. Eu não comia frutas desde os Dezessete Dias.

— Quem mandou isso? — perguntou minha mãe, sem conseguir tirar os olhos do presente.

O rapaz sorriu ao entregar-lhe a cesta, mostrando dentes perfeitamente brancos. Eu me lembro de tê-los achado parecidos com plástico.

— Vida longa à rainha — o rapaz disse, e minha mãe sorriu quando ele se afastou. Ela sempre ficava envergonhada com essa frase.

Colocamos a cesta sobre a toalha lá fora e nos sentamos na grama verde-esmeralda.

Minha mãe colocou a mão dentro da cesta e pegou um pêssego perfeito. Levou-o até o nariz e fechou os olhos ao inspirar o perfume da fruta.

— Olha, tem um cartão aqui dentro — eu disse, pegando um pequeno bilhete em meio à pilha de morangos e lendo-o em voz alta.

Para a Família Real e o novo bebê. Deliciem-se.
C. H.

— Quem é C.H.? — minha mãe perguntou.

Ignorei a pergunta, distraída com as frutas, me perguntando o que experimentar primeiro: uma ameixa? Um morango?

Minha mãe abriu a boca e mordeu o pêssego. Uma gota de sumo rolou pelo queixo dela.

— Oh, é delicioso. É a coisa mais deliciosa que já experimentei — ela deu outra mordida, e o sorriso sereno dela se transformou em um esgar de preocupação. Minha mãe tirou uma coisa da língua e colocou-a na palma da mão. — Mas pêssegos não têm semente — ela disse.

Eu me inclinei para a frente e olhei para a mão dela: lá estava uma minúscula estrela de metal.

O rosto da minha mãe perdeu a cor e ela caiu para trás, em cima do cobertor, as mãos agarrando a grama e as unhas cravando a terra. Em meio à brisa, ouvi um som rascante.

Foi o último suspiro dela.

1

CUIDADOSAMENTE, SOLTEI A CORRENTE DOURADA DO PESCOÇO, deixando o peso do relicário de ouro galês cair na palma da minha mão. Era fim de agosto, mas estava frio dentro das grossas paredes de pedra do castelo. Mesmo no verão, uma brisa atravessava os quartos como um fantasma solitário.

Eu abri o relicário e olhei para o retrato em miniatura da minha mãe, depois para meu reflexo no vidro da janela, então de novo para o relicário, até meus olhos ficarem embaçados. Nós duas tínhamos o mesmo cabelo escuro e os mesmos olhos azuis-claros. Será que eu ficaria parecida com ela quando crescesse? Fechei os olhos, tentando sentir os braços dela em volta de mim, ouvir o som da voz dela nos meus ouvidos, e sentir o cheiro do óleo de rosas que ela passava nos pulsos todas as manhãs. Mas hoje as lembranças não estavam surgindo com muita clareza. Fechei o relicário e enxuguei as lágrimas.

Cornelius Hollister, o homem que matou minha mãe, nunca foi preso. Ele assombrava meus sonhos. Seu cabelo louro, seus olhos azuis intensos e seus dentes brancos e brilhantes me seguiam por ruas escuras quando eu dormia. Às vezes eu sonhava que o matava com várias facadas no coração e acordava ensopada de suor, os punhos cerrados com força. Depois me encolhia toda e chorava por tudo que tinha perdido, e pelo que tinha descoberto haver dentro de mim nesses sonhos.

Do lado de fora do Castelo de Balmoral, um véu cinzento de chuva caía sobre a paisagem árida. A cor da chuva tinha mudado depois dos Dezessete Dias. Não era mais límpida e suave como lágrimas. Era cinza, às vezes tão escura quanto fuligem. E extremamente fria.

Fiquei observando os soldados se movimentando no pátio, e gotas pingavam dos casacos pretos, pesados de chuva, que estavam usando. Do pescoço deles pendiam cintos de munição quase vazios, cuidadosamente protegidos da chuva. Nem um cartucho podia ser desperdiçado, uma vez que as munições estavam em falta. Assim como os sacos de farinha, os potes de aveia, as cobras e os pombos salgados na nossa despensa — nada podia ser desperdiçado. Tudo era escasso.

Uma poeira grossa rodopiava no ar, marcando o céu como uma ferida. Há seis anos, tudo havia mudado. Por dezessete dias seguidos, o mundo foi castigado por terremotos que partiram a terra, e por furacões, tornados e tsunamis violentos. Vulcões entraram em erupção, enchendo o céu com uma fumaça inflamável que bloqueou o sol e cobriu os campos com estranhas cinzas arroxeadas que sufocaram as plantações.

Os cientistas disseram que isso foi uma coincidência catastrófica. Os fanáticos, que foi ato de um Deus vingativo, nos punindo por termos poluído o universo Dele. Mas eu apenas me lembrava daquilo como uma das últimas vezes que minha mãe esteve comigo. Passamos aqueles dezessete dias no abrigo antibombas que havia embaixo do Palácio de Buckingham, junto com assessores do governo e funcionários do palácio, nos abraçando bem apertado enquanto o mundo se despedaçava à nossa volta. Só minha mãe se mantinha calma. Ela passou o tempo todo em movimento, distribuindo cobertores e sopa enlatada, e dizendo para todos, com sua voz suave, que tudo ia ficar bem.

Quando finalmente voltamos à superfície, tudo tinha mudado.

O que eu mais sentia falta era da luz. O sol fraquinho do começo da manhã, o esplendor de uma tarde de verão, o brilho das luzinhas de Natal — até mesmo o brilho suave de uma lâmpada. Tínhamos emergido da escuridão, em meio a fumaça e cinzas, para um mundo em chamas.

Senti uma coisa molhada na mão e, ao olhar para baixo, vi Bella, minha cadela, me encarando com seus olhos grandes e escuros. Eu a tinha encontrado junto com Polly, filha da nossa empregada e minha melhor amiga, tremendo embaixo da cobertura do jardim quando era apenas um filhote. Juntas, lhe demos leite em uma mamadeira de boneca e cuidamos dela até que estivesse saudável.

— Deixe-me adivinhar: você quer sair para passear. Mesmo com essa chuva toda? — minha voz ressoou baixinho debaixo do teto alto do quarto.

Bella abanou o rabo, alegre, e olhou para cima, esperançosa.

— Está bem, só um minuto. Primeiro preciso arrumar o quarto, senão Mary vai me encher a paciência.

Bella latiu, como se tivesse entendido. Minha mala estava aberta em cima da cama de dossel, sob a sombra do tecido de *laise* branco. Era nosso último dia na Escócia. Iríamos pegar o trem para Londres naquela tarde para chegar em casa a tempo de ir ao Baile das Rosas no dia seguinte. O Baile Anual das Rosas marcava a tradicional abertura dos

Escritórios do Governo e do Parlamento depois do recesso de verão, e meu pai sempre fazia um discurso nesse evento. Apesar de detestar ter de ir embora da Escócia, eu estava pronta para vê-lo de novo. Este foi o primeiro verão em que meu pai não passou pelo menos uma parte das férias conosco. Ele nos mandava bilhetes pelos funcionários dizendo que estava ocupado com os projetos de reconstrução e que viria nos visitar assim que pudesse, mas nunca veio.

Depois do assassinato da minha mãe, meu pai se retirou do mundo. Um dia, logo depois do ocorrido, eu o encontrei sozinho no escritório no meio da noite. Sem ao menos se virar para me olhar ele disse: "Eu queria ter comido aquele pêssego. Deveria ter sido eu. Aquele veneno era para mim".

Peguei a escova de cabelo na cômoda, a escova de dentes, o pijama e o livro que estava lendo, e rapidamente os joguei na mala. Não estava exatamente arrumada, mas estava bom o suficiente.

Bella latiu impacientemente perto da porta. "Estou indo." Peguei a capa de chuva que estava pendurada no cabide da parede, enfiei os pés em umas galochas amarelo vivo e corri para o corredor.

Bati fraquinho na porta de Jamie, mas a abri sem esperar resposta. Lá dentro, as cortinas estavam fechadas, e apenas uma linha nebulosa de luz se esgueirava por entre elas, iluminando o quarto escuro. O cheiro adstringente do remédio de Jamie pairava no ar abafado. Um pequeno copo com xarope — que com sua cor vermelho-cereja fingia ser alegre — estava intocado na mesa de cabeceira, perto de uma tigela de mingau de aveia e de uma xícara de chá de camomila frio. Já era meio-dia e ele ainda não tinha tomado o remédio?

Jamie quase não tinha conseguido vir ao mundo. Depois que nossa mãe foi envenenada, os médicos precisaram forçar o nascimento dele com uma cesariana. Ele sobreviveu, mas teve o sangue contaminado pelo veneno misterioso. E esse veneno ainda estava dentro dele, levando-o lentamente à morte.

Nossa irmã, Mary, tinha feito Jamie ficar no quarto a maior parte do verão, todo agasalhado contra a umidade e a garoa, para que não corresse o risco de pegar um resfriado. Ela tinha a melhor das intenções, mas eu sabia quanto ele ficava deprimido preso lá dentro. Hoje era a última chance que Jamie tinha de sair no ar fresco antes de voltar para as ruas poluídas de Londres.

Aproximei-me da cama onde ele estava dormindo embaixo do cobertor. Eu detestava acordá-lo, especialmente do que parecia ser um sono tranquilo. O remédio o mantinha vivo, mas também lhe roubava energia e enevoava-lhe os pensamentos. E o pior de tudo é que causava a Jamie pesadelos terríveis.

Gentilmente, puxei o edredom azul-claro com estampa de planetas.

— Jamie? — sussurrei. Mas a cama estava vazia.

Eu já estava pronta para sair correndo quando avistei um pedaço do bloco de anotações do meu irmão, com capa preta e branca marmorizada, escondido embaixo do travesseiro. O livro em que Jamie desenhava desenhos complexos de como ele imaginava ter sido o mundo antes dos Dezessete Dias. Os animais eram grandes demais, os carros pareciam naves espaciais, e as cores estavam todas erradas, mas eu e Mary nunca tivemos coragem de lhe contar isso. E daí que ele imaginava o mundo de antes como sendo um lugar maravilhoso e impossível? Não era como se algum dia ele fosse conseguir vê-lo. Virei a página do bloco de anotações para uma página em que ele tinha escrito mais recentemente, e meu coração começou a bater mais rápido.

31 de agosto

Ontem à noite vi dois empregados conversando na cozinha. Como eles mencionaram meu nome, parei para ouvir. Sei que não devia fazer isso. Eles falavam sobre como meu pai e minha irmã estão preocupados comigo. Como é difícil e caro conseguir encontrar meu remédio agora. Que era possível fazer muito pelo povo usando o petróleo e a munição que estão usando para trocar pelo meu remédio. Eles disseram também que sou um fardo para minha família.

Eu sou doente e inútil. Os médicos dizem que não vou viver mais muito tempo mesmo. Não quero ficar aqui. Não quero mais ser um fardo.

2

CORRI PELOS LONGOS CORREDORES ATÉ A ESCADA DOS fundos, com Bella me seguindo de perto. Desci a escada de pedra aos pulos, três ou quatro degraus de cada vez, segurando no corrimão com uma das mãos para conseguir algum equilíbrio.

As galochas afundavam na lama enquanto eu corria pelo caminho tortuoso que levava ao estábulo. Apenas três cavalos estavam lá fora no pasto, e a égua de Jamie, Luna, não estava lá. Rapidamente, abri o portão de madeira que dava para o campo.

— Jasper! Rápido, rápido.

Não havia tempo para me importar com selas ou rédeas, mas eu cavalgava em Jasper sem sela desde que aprendi a andar. Subi no lombo dele e virei-o para o bosque. Estávamos quase fora do portão quando vi um cardigã verde-claro pendurado em uma estaca. Era de Jamie. Ele devia ter deixado para trás quando a chuva parou. Imediatamente senti uma onda de alívio. Ele não tinha saído há muito tempo, e, na velha e lenta Luna, não poderia estar muito longe.

Se Jamie estava no bosque, eu iria precisar de uma arma. Os Andarilhos podiam estar lá. Então peguei a única coisa que consegui encontrar: uma faca velha com um cabo quebrado revestido de couro. Eu poderia arremessá-la, ou, se viesse a precisar, usá-la para lutar. Depois dos Dezessete Dias, sem telefones, computadores ou televisões, Mary e eu nos divertíamos brincando de luta com as espadas reais. O Mestre de Armas Real nos dava aulas, ensinando-nos a cortar, estocar e esquivar. Mary e eu lutávamos esgrima uma contra a outra, apostando pequenos luxos que ainda tínhamos do mundo anterior aos Dezessete Dias: um pedaço de chocolate ou de chiclete de menta. Mais tarde, quando as porções de comida do Governo acabaram, levávamos lanças e facas para os bosques em volta de Balmoral e caçávamos cobras, pombos e algumas outras criaturas que haviam sobrado. Fiquei surpresa ao descobrir que tinha uma pontaria boa, ao contrário de Mary, que nunca conseguiu pegar o jeito de arremessar uma faca.

— Bella, vem! — segurei o suéter para ela farejar. Bella conseguia distinguir quase qualquer cheiro que lhe fosse mostrado. Polly e eu a treinamos durante um verão, escondendo coisas na floresta — um brinquedo, uma camiseta, um sapato velho — e recompensando-a com biscoitos quando ela as encontrava. Bella farejou o suéter de cima a baixo. — Vá buscar — eu disse com firmeza.

Ela abaixou o focinho, quase encostando-o na terra e, depois de alguns segundos, partiu correndo na direção dos campos.

A terra marrom ficava remexida sob nós enquanto Jasper galopava atrás de Bella. Debrucei-me sobre ele e coloquei os braços em volta do seu pescoço, fechando os olhos. Os Dezessete Dias tinham transformado a floresta encharcada de sol da minha infância em um lugar escuro e confuso. A maior parte dos animais silvestres morreu com a destruição, ou foram depois caçados pelos Andarilhos até a extinção. Apenas as minhocas, as sanguessugas e as cobras sobraram. O chão estava coberto de árvores apodrecidas e nodosas que se espalhavam em todas as direções como mãos gigantes.

Puxei Jasper para que ele parasse no topo da montanha, vasculhando o bosque atrás de sinais dos Andarilhos — fumaça, fogueiras, marcas de túmulos. Ou pior: os corações das presas, humanas e animais, enfiados em estacas de madeira cravadas no chão. Os Andarilhos tinham se unido depois dos Dezessete Dias, quando as cercas elétricas pararam de funcionar nas prisões e os presos conseguiram escapar. Eles se instalaram na floresta, comendo tudo que conseguiam matar. Como a maior parte dos animais selvagens estava morta, eles caçavam humanos. É possível detectar um acampamento de Andarilhos pelo cheiro doce e enjoativo de carne humana sendo assada.

Senti algo me roçando a testa e olhei para cima. Era uma corda puída, pendurada em um galho alto. A base estava amarrada à árvore e um pedaço de rede estava pendurado em um galho. Uma armadilha. Passei o dedo na borda da corda, procurando pegadas. Lá estavam elas, delineadas claramente na lama.

— Vá! — gritei para Jasper, tentando não pensar em Jamie preso em uma armadilha como aquela. Bella corria pela trilha dos lenhadores, ao longo da encosta da montanha. Finalmente, avistei a pequena silhueta do meu irmão debruçado sobre Luna, cavalgando cada vez mais para dentro do bosque.

— Jamie — gritei, mesmo sabendo que os Andarilhos poderiam nos escutar. — Jamie, pare! — ele parou, mas não se virou. A pequena mochila que trazia nos ombros estava tão cheia que estava quase arrebentando, e eu me perguntei o que Jamie tinha empacotado para levar para o mundo lá fora. Um travesseiro? Uma lanterna? Aticei Jasper e rapidamente alcançamos meu irmão e Luna.

Apeei do cavalo e arrisquei me aproximar.

— Jamie — eu disse calmamente. — Por favor, volte para casa.

Ele se virou para me olhar. Olheiras escuras, como se tivessem sido causadas por socos, se espalhavam embaixo dos seus fundos olhos azuis. A pele de Jamie estava branca como papel, e na luz fraca da floresta, ele parecia quase translúcido.

— Eu não quero mais ser um fardo — ele disse simplesmente, a voz tão fraca que quase não dava para ouvir.

Então dei um passo e me aproximei.

— Você não pode nos deixar — minhas palavras pareciam esquisitas e vazias, mesmo para mim. — Você não pode desistir e pronto.

— Você não sabe como é — ele disse. — Você nunca vai entender.

— Você está certo, eu não posso mesmo entender — engoli o choro. Eu não fazia ideia do quanto ele sofria a cada dia. — Mas pense em toda dor que você vai causar em todo mundo se nos deixar. Pense em papai, em Mary. Por favor, fique... por mim — e estendi a mão.

Jamie desceu do cavalo e deu um passo na minha direção. Com o canto dos olhos, vi uma nuvem de fumaça ao longe, subindo acima das árvores. Fiquei tensa e pressionei um dedo contra os lábios, mostrando-lhe que deveria ficar quieto.

Então ouvi um intenso murmúrio de vozes masculinas. Um zumbido estranho. O som de um motor sendo ligado. Jamie olhou para mim com os olhos arregalados.

— O que é isso? — ele sussurrou.

Balancei a cabeça e segurei na mão dele. Ele não sabia sobre os Andarilhos; Mary e eu tínhamos tentado protegê-lo dos piores horrores do mundo. Corremos para a pedra de granito na borda da clareira e engatinhamos lá para baixo, nos escondendo atrás dela. Eu segurava Bella no colo, prendendo o focinho dela com as duas mãos para impedi-la de latir. Bastava um som e seríamos pegos. As orelhas de Jasper se levantaram como se estivesse sentindo o perigo. Ele e Luna trotaram para o bosque e desapareceram da nossa vista bem a tempo.

Um bando de homens entrou na clareira a apenas alguns metros de nós. Eles estavam vestidos com uniformes de prisão, de cor cinza e gastos, e tinham as palavras "SegMáx" tatuadas grosseiramente com letras negras na testa. Alguns tinham armas. A maioria carregava armas improvisadas: ganchos, correntes, tesouras de jardineiro, cassetetes, canos cortados e com pontas afiadas, e o que parecia ser um aparador de cerca viva, cuja lâmina girava ameaçadoramente. Dois homens carregavam um galho grosso. Um saco vermelho, encharcado de sangue, pendia dele.

Tentei cobrir os olhos de Jamie com as mãos, mas sabia que ele tinha visto. Ele tinha visto o pior da humanidade. *Não olhem para cá, não olhem para cá*, eu pensava desesperada. Se os Andarilhos dessem uma segunda olhada para a pedra, iriam perceber sombras e viriam até nós. E então poderíamos nos considerar mortos.

Tentei segurar Bella perto de mim, mas ela fez força e conseguiu se desvencilhar, então correu na direção dos homens, latindo agressivamente. Eu queria chamá-la de volta, mas mordi tanto os lábios que senti gosto de sangue.

Os dois homens segurando a trouxa ensanguentada pararam e colocaram o galho no chão. Um deles deu um passo à frente, apontando a pistola para a escuridão da floresta circundante.

— Quem está aí? — ele gritou.

Eu me espremi ainda mais contra a pedra, prendendo a respiração.

— Para de se assustar com nada — o segundo homem disse. — É só um cachorro selvagem. Um vira-latas velho e sujo.

O homem com a arma se virou para Bella. Ele não tinha um olho, e uma placa de metal cobria a órbita vazia.

— Vamos, os outros já estão lá na frente — o segundo homem reclamou. — Não desperdiça bala com um cachorro magrelo e pegajoso. Tem outras coisas pra gente comer — o primeiro homem abaixou a arma com um suspiro. Eles levantaram o galho, colocaram a carga ensanguentada sobre os ombros e começaram a se afastar.

Jamie e eu, abraçados e tremendo, esperamos embaixo da pedra. Quando finalmente senti o cheiro doce e enjoativo de algo queimando, eu sabia que já podíamos sair dali.

3

O SOL ESTAVA FINALMENTE COMEÇANDO A SURGIR ATRÁS de uma pesada camada de nuvens quando voltamos para o Castelo de Balmoral.

— Eliza! Jamie! — a voz inconfundível de Mary ressoou no ar parado.

— Você não pode contar para ela — eu voltei a pedir a meu irmão. — Você prometeu.

— Eu sei — ele respondeu com a voz trêmula.

— Jamie, preciso que você saiba de uma coisa — eu disse isso puxando as rédeas de Luna para mim, para ficarmos lado a lado. — Você tem que entender que antes as pessoas não se comiam. Antes dos Dezessete Dias, não existia isso de Andarilhos. Você precisa acreditar que as coisas vão melhorar — eu pensei nele sozinho naquele bosque. — Você sabe que existem pessoas boas no mundo. Este é o *nosso* lado. Se desistirmos, se fugirmos, as pessoas más ganharão.

Jamie concordou com a cabeça, os olhos arregalados. Mary galopou na nossa direção, puxando as rédeas firmemente para fazer o cavalo parar de repente. Seu cabelo longo e louro caía no rosto, e sua pele cor de marfim estava corada por causa do vento e do exercício.

— Onde vocês estavam? — ela gritou, olhando para mim e para Jamie. — Estive procurando vocês por toda parte. O último trem partirá em uma hora. Vocês esqueceram que vamos voltar hoje?

— Mary, eu...

— Jamie! Você sabe que não pode sair do quarto — ela disse, ignorando meus protestos. — Você precisa se cuidar!

Mary olhou novamente para mim, os olhos apertados.

— Como você pôde deixar isso acontecer?

— Eu sei, é culpa minha — eu disse, lutando contra a vontade de desmoronar e contar para ela tudo o que tinha acontecido. — A gente queria ter um último dia legal...

— Não, a culpa é minha — Jamie interrompeu. — Eu implorei para Eliza me deixar cavalgar.

— Enquanto eu limpava e arrumava tudo, como sempre — Mary retrucou. — Espero que não tenham ido para perto do bosque.

— Claro que não! Só até o campo — eu detestava quando mentia para Mary, mas às vezes não tinha escolha.

Mary me olhou e suavemente começou a relaxar a expressão do rosto.

— Você sabe como é difícil para mim ter sempre que cuidar de vocês?

— Você não é nossa mãe! — eu disse com raiva, e imediatamente me arrependi.

— Alguém tem que ser a mãe aqui — Mary respondeu baixinho. Eu queria pedir desculpas, mas ela já estava se afastando com o cavalo.

Ao voltar para o castelo, avistei George, nosso zelador. Ele tinha destrancado as portas de aço da cabana de jardinagem e retirado a corrente grossa de metal que as mantinha fechadas. Os tanques de combustível ficavam ali, guardados por cães pastores, tão protegidos quanto era possível sem eletricidade.

O jipe preto que sempre nos levava à estação estava estacionado ao lado da cabana. Vi George virar o resto do cano de gasolina dentro do tanque, com um olhar sombrio no rosto. Mesmo de onde eu estava, dava para ouvir o lento *pinga-pinga* da gasolina.

— Está acabando?

George virou-se para mim, e eu percebi pela primeira vez como ele tinha envelhecido durante o verão. Havia um buraco nas bochechas dele e ele tinha um olhar preocupado, que não costumava estar ali.

— Eles devem terminar de consertar as plataformas em breve — George disse, o que nós dois sabíamos que era mentira.

— A gente pode ir a cavalo. Eles não precisam de combustível.

Eu estava tentando fazer uma piada, mas George não riu.

— Temos o suficiente para esta viagem. As estradas estão perigosas demais para irmos em uma carruagem aberta, arriscando que nos roubem os cavalos.

Olhei para o jipe. Ele era feito de aço e vidros a prova de balas, mas George tinha acrescentado uma camada extra de aço às janelas. Armaduras de metal agora protegiam os pneus, e pontas afiadas tinham sido soldadas no teto e nas laterais do automóvel. Ele também havia lixado o W de Windsor. Sem aquilo, percebi que ninguém nos reconheceria. Desde a morte da minha mãe, meu pai não nos deixava aparecer em público nem que circulassem retratos da realeza. Só nossos nomes eram reconhecíveis.

— Isso é por causa dos Andarilhos?

— Os Andarilhos não andam pelas estradas.

— Então para que tudo isso?

— Apenas proteção extra. Não deixe sua linda cabecinha se preocupar com isso — George respondeu, virando-se de costas para mim para derramar o resto do combustível no tanque do jipe.

Ignorei o comentário, pois sabia que ele não queria me ofender, e continuei: — Quem estava na cozinha ontem à noite? Já bem tarde?

George olhou para mim, curioso.

— Por quê?

— Algum funcionário disse que Jamie era um fardo. E ele ouviu a pessoa falando isso. Descubra quem foi. Por favor — eu acrescentei, no tom mais educado e de princesa que podia. — Ouvir isso acabou com ele.

A porta do meu quarto rangeu quando eu a abri. A garota sentada na minha escrivaninha se virou e os olhos azuis dela se arregalaram de surpresa.

— Eliza! — Polly deu um pulo da cadeira, segurando um pedaço de papel atrás das costas. — Achei que você estava andando a cavalo — a voz dela falhava por tentar segurar as lágrimas.

— Qual é o problema? — perguntei, andando na direção dela. A mão de Polly estremeceu e ela continuou escondendo o papel de mim.

— Nada — ela forçou um sorriso. — Eu só estava escrevendo um bilhete de despedida para você. Ainda não terminei.

— Vou sentir tanta saudade de você, Polly — segurei minha melhor amiga em um abraço apertado, piscando rápido para também tentar segurar as lágrimas.

Ouvimos passos se aproximando da porta e Clara entrou.

— Eliza, querida, está na hora — ela trazia uma cesta cheia de comida e um cobertor. — Fiz sanduíches para você comer no trem.

Eu me aproximei para dar um grande abraço na mãe de Polly. Ela era como uma segunda mãe para mim desde que a minha tinha morrido.

Envolta nos braços de Clara, com a lã áspera do suéter dela me arranhando a bochecha, eu me sentia segura.

— Eliza! Vem logo! — ouvi a voz de Mary lá do pátio. Polly e eu reviramos os olhos; então pegamos minha bagagem e corremos escada abaixo, começando a rir.

No pátio, Mary estava em pé, parada ao lado de uma das portas do jipe, batendo o pé impacientemente. Fiquei surpresa ao ver que Eoghan, nosso cavalariço, estava no banco da frente, ao lado de George.

— Por que ele está indo conosco? Não estamos levando cavalos — sussurrei para Mary enquanto escorregava pelo banco de trás para me sentar ao lado de Jamie.

— Eu pedi que Eoghan nos acompanhasse — Mary murmurou de volta, e fiquei ainda mais surpresa ao ver que ela estava corando. — Precisamos de ajuda para carregar a bagagem.

Abstive-me de mencionar que sempre nos viramos bem apenas com George. Recostei-me no banco, fechando os olhos diante da barulheira e dos engasgos do motor, que estava protestando contra o combustível aguado. George tinha misturado óleo de milho na gasolina para fazê-la durar mais. Bella pulou do meu lado e eu lhe alisei o pelo escuro e macio.

— Espere! — ouvi batidas na porta, abri os olhos e vi Polly correndo ao lado do carro, acenando para mim. Rapidamente abaixei o vidro e ela jogou um envelope branco no meu colo.

— Eu quase esqueci — ela falou, arfante — de lhe entregar isto.

Segurei o envelope junto ao peito.

— Vou ler no trem! Tchau, Polly! — Eu virei e acenei para minha amiga pelo vidro traseiro do jipe, enquanto ela ficava cada vez menor até desaparecer na neblina.

4

DEPOIS DOS DEZESSETE DIAS, MEU PAI MANDOU TRAZER um antigo trem vitoriano, a vapor, dos túneis subterrâneos, onde era exposto como peça de museu. Quando eu era bem pequena, nós fomos lá uma vez, para conhecê-lo: lembro-me de perseguir Mary em meio aos assentos de veludo vermelho e de beber chá no vagão-restaurante de paredes escuras. Agora, como era o único trem do país que funcionava a carvão, ele era também, por consequência, o único que funcionava. Alguns vagões eram abertos para passageiros, mas a principal utilidade desse trem era transportar caixas pesadas de carvão, pedaços de metal, vidro quebrado e madeira — qualquer coisa que pudesse ser derretida ou soldada para virar algo útil — de volta para Londres.

Caminhamos até os lindos vagões do velho trem, que estava escondido atrás de cercas de arame farpado. Homens empoleirados no alto das cercas, usando máscaras de malha e apontando armas para a multidão, seguravam uma espécie de arpão com três ganchos para içar qualquer passageiro clandestino. Inúmeras pessoas se empurravam na plataforma.

Algumas tinham passagens; outras tentavam trocar comida enlatada, carne seca, e até comida fresca ou luvas, por um assento.

— Apenas portadores de bilhetes! — o condutor gritava para a multidão. — Clandestinos serão retirados imediatamente! — eu segurei firme na mão de Jamie enquanto George e Eoghan nos puxavam até o Compartimento Real.

Estávamos todos quietos quando o trem se afastou da estação. Jamie desenhou bonecos no vidro embaçado da janela, e depois os apagou com a manga do casaco. Bella estava encolhida aos meus pés, enrolada no cobertor dela. Eu olhava as cidades abandonadas pelas quais íamos passando. O sol se pondo lançou sombras assustadoras em um antigo parquinho: as correntes do balanço enferrujado tinham sido cortadas e provavelmente transformadas em armas, ou usadas pelos Andarilhos para amarrar suas presas. Estremeci, pensando em quão perto do perigo eu e Jamie tínhamos chegado.

A certa altura, a lua apareceu no céu, mas mesmo a lua era diferente depois dos Dezessete Dias: meio acinzentada e manchada, como se também estivesse coberta pelas cinzas finas que tinham caído sobre tudo. Jamie uma vez me perguntou se a lua estava doente como ele.

O vagão foi ficando escuro. Mary pegou a luz de carvão: cinzas de carvão comprimidas dentro de uma lâmpada com vidro resistente ao calor. Lentamente, o montinho ficou azul, depois vermelho, lançando uma luz dourada sobre nós. Ela pegou dois vestidos de festa e um kit de costura da mala dela. Jamie pegou um livro de palavras cruzadas e uma caixa de lápis de cor, e começou a fazer desenhos de trens coloridos e fumegantes. Eu olhei para os dois vestidos no colo de Mary. Um era cor de vinho, com pedrinhas de cristal costuradas em volta do decote;

o outro era um vestido simples de seda cor de pêssego, com um babado nas mangas.

— Qual você vai usar? — perguntei, percebendo que não tinha nem começado a pensar no baile do dia seguinte.

— O vermelho — Mary respondeu. — Estou consertando esse aqui para você. Vai combinar perfeitamente com seus olhos.

— Obrigada, Mary — eu disse suavemente.

— Foi da mamãe, então vai ficar bem em você.

Eu não disse nada: apenas fiquei assistindo aos cuidadosos movimentos da agulha de Mary. Tempos atrás, tínhamos toda uma equipe de costureiras reais, mas Mary teve de aprender muita coisa desde os Dezessete Dias.

— Eu o encontrei no quarto de vestir. Você se lembra que ela costumava nos deixar brincar de fantasia lá dentro? Esse foi o vestido que ela usou na noite em que conheceu papai.

Eu pensei em um dos quartos do Palácio de Buckingham, cheio de vestidos que haviam pertencido a antigas rainhas e princesas. Os magníficos vestidos brancos de casamento que as princesas Diana e Kate haviam usado, e o manto forrado de pele que a rainha Elizabeth usou no dia em que foi coroada. Mas não me lembrava da história do vestido pêssego.

Fiz força para sorrir, mas, por dentro, eu sofria. Mary tinha muito mais da nossa mãe nela do que eu jamais teria, e Jamie não tinha absolutamente nada.

Jamie tirou os olhos do caderno. Os grandes olhos azuis dele pulavam ansiosamente de Mary para mim.

— Vocês acham que papai vai ficar feliz em nos ver?

— Claro que vai — Mary respondeu em tom de bronca. — Como é que você faz uma pergunta dessas?

Jamie deu de ombros.

— Porque ele nunca veio nos ver. Ele está longe desde junho.

Mary tirou gentilmente o cabelo de Jamie da testa.

— Papai tem estado muito ocupado com o trabalho neste verão. Precisou se reunir com o Primeiro-Ministro quase todos os dias — ela explicou.

— Papai alguma vez explicou o por quê, exatamente? — eu perguntei.

Mary balançou a cabeça em uma negativa.

— Projetos de reconstrução, imagino — Fios do cabelo longo e louro da minha irmã tinham se soltado do rabo de cavalo que ela ostentava e agora estavam em volta do rosto dela, caindo-lhe sobre os ombros e a blusa cor de creme. Nossa mãe costumava dizer que Mary nasceu com rosas nas bochechas, mas não pude deixar de notar como ela andava pálida nos últimos dias.

Ficamos em silêncio enquanto comíamos os sanduíches que Clara havia preparado e dividíamos uma jarra de água do poço. Estava fria e fresca. Assim como a gasolina, o poço era guardado dia e noite. Água limpa era bastante difícil de achar agora, uma mercadoria muito preciosa.

Virei-me para olhar por uma janela do trem enquanto passávamos pelos arredores de uma cidade litorânea chamada Callington. Os prédios tinham desmoronado como uma pilha de blocos de montar. Pedaços dos escombros flutuavam como moscas mortas sobre a água. Um *outdoor* apagado e descascado estava rabiscado com as palavras A NOVA GUARDA ESTÁ CRESCENDO escritas em tinta preta.

Eu me arrepiei com as palavras ameaçadoras, sem ter certeza do que queriam dizer.

— Mary, o que é isso? — eu perguntei.

— O quê, Eliza? — mas quando ela se virou para olhar, já tínhamos passado pelo *outdoor*.

O trem balançava ritmicamente sobre os trilhos, e logo Jamie adormeceu entre nós duas. Eu o cobri até o queixo com um cobertor.

— Ele parece tão em paz quando está dormindo!

Mary concordou com um aceno de cabeça e colocou a mão em uma das bochechas dele.

— É a única hora em que não sente dor.

Segurei a respiração. Eu me perguntava se ela suspeitava do que tinha acontecido naquela tarde. Eu queria muito contar para minha irmã, mas ela já tinha coisas demais com que se preocupar.

— Eu também estou ficando com sono — Mary abriu outro cobertor de lã xadrez e se cobriu. Então apaguei a lamparina de carvão e deitei a cabeça em um travesseiro.

— Eliza? — Mary sussurrou, e meu coração parou de bater por um segundo. Eu tinha certeza de que ela ia me perguntar sobre o que tinha acontecido. — Você acha que o vestido vermelho é escuro demais para meu tom de pele?

Olhei para cima, para o teto escuro, lutando contra uma estranha vontade de rir. Por que estávamos dando uma festa enquanto bandos de criminosos devastavam nossas terras? As rosas nem cresciam mais. Mas eu sabia que o Baile das Rosas era o último fio de tradição a que o Parlamento se agarraria. Como a linha na agulha de Mary, desesperadamente tentando consertar os buracos.

— Mary, você sabe que você ficaria linda mesmo usando um saco de batatas.

Eu estava prestes a fechar os olhos quando uma explosão laranja surgiu no céu, deixando pequenos traços de fogo em seu rastro. Sentei, observando ansiosamente para ver onde ia cair. Um lampejo de luz passou pela janela do trem, mas depois desapareceu em um instante. O céu ficou negro de novo. A bola de sol tinha apagado e caído na terra.

O clarão tinha sumido, mas eu não conseguia tirar os olhos dos campos escuros. Eu observava, esperava, só para o caso de outra daquelas explosões aparecer no céu. Essas bolas de sol — pedaços do sol que se soltavam na direção da Terra — vinham caindo do céu desde os Dezessete Dias. Ninguém sabia exatamente o que causava tal fenômeno, mas se uma pessoa fosse pega pela chuva de fogo, morreria.

Mesmo depois de toda a destruição que ocorrera na época dos Dezessete Dias, tínhamos ficado esperançosos. Ainda havia eletricidade graças aos geradores que meu pai disponibilizara para uso de hospitais, corpos de bombeiros e delegacias. O zumbido dos geradores era estranhamente reconfortante — era o som da reconstrução, do ato de juntar os cacos. Os níveis de água tinham sido destruídos, o sol estava escondido atrás de uma nuvem de cinzas, mas, enquanto conseguisse ouvir os geradores, eu tinha esperanças de que tudo, de alguma forma, ficaria bem.

Só que a Inglaterra estava completamente sozinha.

Meu pai tinha mandado o *Queen Mary*, o navio de guerra de oito mil toneladas da Marinha inglesa, buscar notícias do resto do mundo. A Terra tinha silenciado, deitando-se em meio à bagunça daqueles dias como uma criança exausta depois de um ataque de birra, mas os oceanos ainda estavam furiosos. *Queen Mary* só conseguiu entrar poucos quilômetros mar adentro: o oceano o engoliu inteiro. Não havia combustível suficiente para mandar outro e ninguém havia respondido a nenhuma das nossas transmissões de rádio. Talvez fôssemos os únicos sobreviventes.

Coloquei a mão no vidro da janela, ainda quente por conta da passagem tão próxima da bola de sol. O vagão de repente parecia insuportavelmente frio. Eu tremia apesar do casaco, então coloquei as mãos nos bolsos. Foi aí que senti a ponta afiada de um envelope. Eu tinha me esquecido da carta de Polly. Abri-a com um sorriso nos lábios e comecei a lê-la:

Minha querida Eliza,

Sinto tanto por ter que lhe contar isto. Você é minha melhor amiga, e se algo acontecesse a você, eu nunca mais me sentiria inteira de novo.

Você se lembra do meu tio, aquele que trabalhava em uma fábrica de metais antes de a eletricidade acabar? Noite passada, ele bateu na nossa porta com a esposa e o bebê deles. E os dois disseram que tiveram sorte de escapar de um assalto no distrito LS12 em Manchester, um arrastão liderado por um grupo que se autodenomina Nova Guarda. Eles tinham armas e munição, e estavam atirando em todos que resistiam. A família do meu tio conseguiu escapar para outro bairro por túneis subterrâneos. Eles tiveram sorte.

Meu tio disse que essa Nova Guarda já ocupou vários bairros de Londres. Eles são liderados por Cornelius Hollister, que deseja matar toda a sua família e se tornar rei.

Por favor, tome cuidado, Eliza. Sua vida corre perigo.
Polly

Ao terminar de ler a carta, minhas mãos tremiam. Sob a luz fraca da lamparina de carvão, olhei para meus irmãos, que dormiam pesadamente.

Foi quando me ocorreu que por todo o verão eu não tinha tido nenhuma notícia do mundo lá fora. Em geral, os funcionários nos davam notícias de Londres quando traziam cartas do nosso pai, mas este ano foi Clara quem sempre nos entregou a correspondência. Lembrei de uma vez em que entrei na cozinha e a encontrei com a orelha colada no rádio, que ela desligou assim que me viu, dizendo que só conseguia encontrar estática.

Eu me afundei no assento do trem, olhando a noite escura lá fora. Eu me perguntava quanto meu pai sabia do plano de Cornelius Hollister e quanto estava tentando esconder de nós. Talvez essa fosse a razão de ele ter ficado em Londres o verão inteiro.

Quando a luz do sol começou a atravessar a neblina, Londres apareceu: os lindos pináculos da Catedral de Westminster; a afiada e brilhante Torre de Aço, a prisão de segurança máxima que se erguia acima de tudo; e a London Eye, que ainda se mantinha firme contra a linha do horizonte, congelada, como os ponteiros do Big Ben. Quando os desastres dos Dezessete Dias atingiram Londres sete anos atrás, o relógio parou às onze e quinze e nunca mais foi ajustado. Para mim, ele parecia normal, como sempre foi. Mas, enquanto o trem se aproximava da cidade, fiquei pensando em quão pouco eu entendia sobre qualquer coisa.

5

NA SEMIESCURIDÃO DAS PRIMEIRAS HORAS DA MANHÃ, seguimos os guardas pela estação Paddington, desviando das gotas de chuva gelada que jorravam pelo teto quebrado. Passando pelas bilheterias, em que tábuas de madeira fechavam as janelas, pelos trabalhadores descarregando carvão e madeira de vagões de carga, e pela mulher de cabelo branco na deserta área das lanchonetes vendendo xícaras de chá de uma chaleira de alumínio. A poeira que caía do teto pousava na nossa cabeça como neve.

Fora da estação, o ar da manhã já estava espesso com a fuligem cinza. As ruas pareciam assustadoramente desertas. Sem luz artificial, era impossível para qualquer pessoa começar a trabalhar até o meio da manhã. Nosso Aston Martin preto era o único carro na rua, apesar de haver vários cavalos, a maioria amarrada a carruagens ou a carroças grosseiras. Alguns poucos cidadãos mais ricos que podiam ter um par de cavalos os tinham acorrentado pelas selas a caminhonetes de metal. Os animais tinham uma aparência horrível: olhos arregalados e tristes, e corpos muito magros. Pensei em Jasper, bem alimentado e livre para correr pelos campos da Escócia, e me senti culpada.

— As galerias estão transbordando — Mary reclamou ao entrar no carro.

Só pude balançar a cabeça enquanto partíamos em direção ao palácio. Eu segurava a carta de Polly no bolso. Ruas alagadas eram o menor dos nossos problemas.

Quando atravessamos os portões do Palácio de Buckingham, os guardas estavam em alerta e nos saudaram. Eles ainda usavam os tradicionais chapéus pretos e casacos vermelhos com botões brilhantes de cobre. O palácio em si não havia mudado muito, apesar de a fachada de tijolo e pedra calcária estar escurecida pelo ar sujo, e de a maior parte das janelas ter sido fechada com tábuas para não deixar o frio entrar. Nós morávamos em uma pequena área do palácio. O resto estava fechado para conservar luz e calor, itens preciosos naqueles dias. Havia tão pouco óleo sobrando nos nossos tanques que o guardávamos somente para os dias mais frios.

Dentro do grande *hall* na Asa Leste, nosso pai estava nos esperando, ladeado por dois soldados portando espadas. Por mais animada que eu estivesse de encontrá-lo, fiquei imóvel ao ver os guardas. Eles nunca ficavam lá dentro antes.

— Mary, Eliza, Jamie! — nosso pai nos chamou com sua voz grave e os braços abertos. Corri até ele e enterrei o rosto no suéter macio que ele estava usando, respirando aquele familiar cheiro de especiarias. Queria ficar nos braços do meu pai, dormir ali mesmo, e nunca mais ir embora, mas em vez disso me afastei e procurei a carta no meu bolso.

— Pai — eu disse baixinho. — Preciso falar com você em particular.

— Em particular?

— Sim — eu sussurrei no ouvido dele. — Polly disse...

— Eliza — meu pai me interrompeu, a voz contida. — Agora não é hora.

Ele me deu as costas para falar com Mary e Jamie com uma voz excessivamente alegre.

— Me contem tudo sobre o verão de vocês. Vocês nadaram? Andaram a cavalo? As amoras brotaram este ano? — ele levantou Jamie no alto, como um avião, e o som da risada do meu irmão encheu a sala. Percebi que aquela era a primeira vez que eu o ouvia rir desde que tínhamos ido para Balmoral, três meses atrás.

Mas logo a risada de Jamie se transformou em uma tosse profunda e rascante. Meu pai o abraçou e começou a dar tapinhas nas costas dele.

— Estou bem, pai — Jamie conseguiu falar, tentando segurar o próximo acesso de tosse.

— Vamos pegar um remédio para você agora mesmo — meu pai disse, pegando Jamie no colo e se dirigindo pelo corredor até o médico do palácio, sem sequer olhar para trás, para mim e Mary. O som áspero da tosse do nosso irmão ecoava pelo corredor atrás deles.

Estendi a mão e segurei na de Mary, forçando um sorriso e afundando a carta de novo no bolso.

— Vamos para o salão de festas — eu sugeri —, ajudar a arrumá-lo para hoje à noite e experimentar nossos vestidos. Deixo você arrumar meu cabelo e fazer minha maquiagem do jeito que você quiser — eu detestava me arrumar e Mary sabia disso. Ela sorriu em meio às lágrimas e apertou minha mão em resposta.

— Vamos nos divertir — ela disse, e rimos enquanto chutávamos os sapatos para longe e corríamos pelos corredores do palácio, escorregando por conta das meias em contato com o frio chão de mármore.

O salão de festas sempre foi meu lugar favorito em todo o palácio — especialmente o teto pintado à mão, com seus anjos e nuvens fofinhas e estrelas prateadas e brilhantes. Quando eu era pequena, costumava levar meu cobertor e meu travesseiro para lá à noite, deitar no chão e ficar olhando para ele. Eu gostava de imaginar que estava flutuando nas nuvens, voando de uma estrela para outra. Depois que minha mãe morreu, comecei a imaginar que aquele teto era o paraíso e que eu podia ir ali para visitá-la.

Bailes sempre foram a especialidade de Mary, mas eu tinha uma queda secreta pelo Baile das Rosas. Antes dos Dezessete Dias, rosas brancas e vermelhas eram entregues em caixas grandes de madeira no dia do baile. Centenas e centenas de rosas, tantas que o perfume delas enchia o palácio inteiro e podia ser sentido nas ruas em volta. Mas desde então, tínhamos de nos virar com as rosas frágeis que haviam sido preservadas. Elas não tinham perfume e eram da cor de sangue seco; não tinham aquela cor fresca de pétalas com vida. Papai e Mary insistiam em mantê-las por causa da tradição, mas eram tão feias que me dava vontade de chorar. Eu preferiria não ter rosas no baile a ter aquelas coisas horrorosas e sem vida.

Mary e eu entramos no salão de festas e percebi com alívio que as rosas ainda não tinham sido trazidas do celeiro.

Duas empregadas, Margaret e Lucille, usando uniformes preto e branco, se aproximaram de nós.

— Bom dia, princesa Mary, princesa Eliza. Bem-vindas de volta — disseram enquanto as abraçávamos.

— Está lindo! — Mary foi saltitando até a pista de dança e rodopiou sobre as meias, os braços abertos como asas. — Queremos ajudar. O que podemos fazer?

Margaret tirou do bolso do avental uma longa lista escrita à mão. Antigamente, ninguém nos deixaria sequer ver o salão de festas durante a preparação, e muito menos aceitaria nossa ajuda. Mas Margaret balançou a cabeça e disse: — Bom, para começar, a prataria precisa ser polida, e os guardanapos, dobrados.

Olhei para onde Rupert, nosso mordomo, estava: em cima de uma escada, acendendo cada uma das velas brancas do enorme lustre de cristal pendurado no centro do teto. O lustre tinha caído no chão durante os Dezessete Dias e muitos cristais tinham se quebrado, mas, quando estava aceso, não dava para perceber.

Então olhei para a prataria já disposta sobre a mesa e comecei a lustrá-la, enquanto a chuva dançava nos vidros jateados das janelas.

— Princesas! A que devo a honra da vossa companhia — nosso pai provocou quando Mary e eu entramos na sala de jantar uma hora depois. Ele estava sentado à cabeceira da enorme mesa de quase quatro metros de comprimento, erguendo uma taça de vinho tinto para nos saudar. — Estou muito feliz de vocês estarem aqui para nosso almoço comemorativo.

— O que estamos comemorando? — eu perguntei rapidamente. Meu coração começou a bater mais rápido. Será que Cornelius Hollister tinha sido capturado?

Meu pai pareceu perplexo, ainda segurando a taça no ar.

— Estamos comemorando o fato de estarmos juntos em família novamente.

Concordei com a cabeça e escorreguei a mão para dentro do bolso, segurando a carta, enquanto meu pai dava um longo gole no vinho.

— Eliza, querida. Você não vai se juntar a nós?

Olhei para Mary e Jamie e depois para baixo, para a mesa, que estava posta com minha louça favorita, cada peça pintada à mão com um pássaro diferente em vermelho, dourado e amarelo. Em uma travessa tinha pão preto e queijo fatiado, um pouco de manteiga e quatro potes de sopa de legumes. A comida parecia deliciosa, mas eu sabia que não conseguiria comer nada enquanto não mostrasse a carta para ele.

— Não — eu respondi, ouvindo minha voz tremer. Eu raramente me abria com ele e ainda mais raramente o desobedecia. Ele era meu pai, mas também era o rei da Inglaterra. — Pai, isso é importante.

Ele grunhiu de raiva, jogando o guardanapo na mesa enquanto afastava a cadeira e andava na minha direção. Caminhei até o corredor, fora do alcance das pessoas na sala de jantar.

— Qual é o problema? — ele perguntou secamente. Pequenas gotas de suor se formaram na testa dele e ele as limpou com a manga do casaco. Entreguei a carta para meu pai e fiquei observando-o enquanto a lia, com um ódio evidente no rosto.

— Bom, é verdade? — eu perguntei, sem conseguir esconder a impaciência na voz.

Ele dobrou a carta acompanhando as marcas de dobras que já tinham sido feitas.

— Polly sempre teve muita imaginação — ele disse com desdém. — Você se lembra que ela costumava fazê-la passar horas no bosque esperando por duendes e fadas das flores? Agora vamos, a sopa está esfriando.

Estendi a mão e o segurei pela manga do casaco.

— Você não respondeu à minha pergunta: existe alguma verdade nisso que a Polly escreveu?

— Eliza — ele começou a falar com a voz baixa e comedida. Olhou por sobre meus ombros para Jamie e Mary, sentados na ponta mais distante da mesa na sala de jantar, longe demais para escutarem. — Não vamos falar sobre isso agora. Vamos aproveitar que estamos juntos como uma família de novo.

— Pai! Por favor. Eu quero saber.

— Algumas pessoas reportaram terem visto Cornelius Hollister, sim. Mas não há o que temer — ele colocou a mão no meu ombro, tentando me confortar. — Estamos bem protegidos. Não há como ele se aproximar da nossa família de novo.

— Mas...

— Chega disso!

Dei um passo para sair do caminho dele, deixando meu pai passar tempestuosamente por mim. Mary e Jamie levantaram os olhos lá do outro lado da sala.

— Agora venha e se junte a nós para o almoço — meu pai ordenou enquanto afastava minha cadeira da mesa para eu me sentar.

Olhei para o chão. Uma mistura de vergonha e raiva fez meu queixo tremer.

Então levantei o olhar.

— Não estou com fome — anunciei e me virei, dando as costas para ele. Senti meus olhos se encherem de lágrimas enquanto corria pelo corredor, orgulhosa demais para voltar agora. Corri até chegar ao meu quarto, onde fechei as cortinas e me encolhi na cama. Só então me permiti chorar. Chorei pelo verão sem meu pai, pelo bilhete horrível que Jamie tinha deixado no diário, pela família de Polly, pela minha família, por todo aquele sofrimento e destruição. Chorei até pegar no sono de pura exaustão.

O som de alguém batendo na porta me acordou.

— Eliza? — Mary entrou e se sentou ao meu lado na cama. — Trouxe isto para você — ela colocou um prato de comida no meu colo. — O baile começa em uma hora. Você precisa comer alguma coisa e se vestir.

Mary estava pronta: usava o vestido vermelho-escuro com renda antiga na bainha. O cabelo dela estava preso em um coque alto, trançado com uma tiara de diamantes no topo da cabeça. Ela realmente parecia uma princesa.

— Jamie está bem? — eu perguntei.

Ela balançou a cabeça lentamente.

— Ele não pode descer para o baile. A febre está alta de novo e a tosse está muito forte.

Eu me sentia tão mal por Jamie; ele ia perder mais um pedaço da vida dele, sozinho no quarto enquanto a festa acontecia lá embaixo.

— Eu sei que você está brava com papai. Mas, por favor, tente fazer com que este evento seja legal. Eu deixei seu vestido pendurado no armário — Mary se virou para sair.

— Espere — eu pedi, e ela parou na porta. — Você pode me ajudar a me arrumar?

6

A ORQUESTRA TOCAVA UMA VALSA ENQUANTO A PROCISSÃO de convidados entrava pela galeria leste. Este salão de festas era a maior sala em toda Londres, e, mesmo agora, entrar naquele espaço enorme me fazia sentir como se estivesse encolhendo, como em *Alice no País das Maravilhas*.

Mary e eu descemos a escada principal para dar pessoalmente as boas-vindas aos nossos convidados. Como ditava a tradição, ficávamos no salão principal sob o teto folheado a ouro, cumprimentando cada convidado com um sorriso e uma reverência educada.

Até que finalmente chegou a hora da dança escocesa, uma tradição do Baile das Rosas que vinha desde a rainha Elizabeth I. Os homens deveriam chamar seus amores secretos para dançar e assim lhes fazer a corte.

Eu me afundei graciosamente no sofá branco adamascado ao lado de Lady Eleanor Blume, que era muito velhinha e tinha cochilado com a cabeça apoiada na bengala, e fiquei assistindo a um jovem bonito se aproximar de Mary para dançar. Ela colocou a mão na palma aberta da mão dele com maestria, e os dois deslizaram para o centro da sala.

Toquei no delicado bordado da bainha do meu vestido, imaginando a noite em que meus pais se conheceram e pensando no amor verdadeiro e duradouro que viveram. Olhei para todos os meninos e homens na sala, mas não conseguia me imaginar me apaixonando por nenhum deles.

— Mas por que uma menina linda como você está sentada sozinha nesse baile? — Meu pai estava em pé na minha frente, barbeado e com o cabelo penteado para trás. — Pode me dar a honra dessa dança, minha querida Eliza?

Olhei para ele e respondi: — Ainda estou brava com você.

— Me desculpe — ele disse simplesmente. — Eu devia ter explicado o que de fato estava acontecendo no início do verão. Eu *nunca* deixarei ninguém machucar esta família de novo — Ele fixou o olhar no meu e estendeu os braços novamente. — Então, pode me dar a honra dessa dança?

— Pai — eu suspirei —, você sabe que eu danço muito mal. Meus pés se atrapalham.

— Eu sou o rei da Inglaterra e ordeno que você se apoie nos meus pés — ele disse de maneira solene e piscou para mim.

Resmunguei, mas me levantei e segurei na mão dele. E coloquei meus pés em cima dos sapatos pretos e lustrosos que ele estava usando.

— Você é mais pesada do que eu me lembrava — ele provocou.

— Isso foi ideia sua — encostei a cabeça no peito do meu pai e fechei os olhos, enquanto ele se esforçava para mexer os pés sob meu peso. Finalmente ri e saí de cima dos pés dele, tentando seguir-lhe os passos.

Meu pai me girou para fora e depois para dentro de novo, fazendo a sala toda rodar vertiginosamente. Os outros pares passavam rodopiando à nossa volta, com vestidos de baile de todas as cores — vermelho, verde, dourado — girando como um bando de pássaros exóticos. Pensei nas festas que costumávamos fazer no palácio quando minha mãe era viva. Mary e eu nos escondíamos atrás dos vasos de plantas, roubando doces e fofocando sobre quem estava usando o vestido mais bonito. Se estivéssemos assistindo ao baile desta noite, eu pensei, admirando a maneira como o vestido de veludo ressaltava a cor dos lábios e bochechas de Mary, ela teria ganhado.

De repente, um caco de vidro caiu no chão, vindo da janela. Depois outro, e mais outro — uma sinfonia de vidro quebrado explodindo no ar. A música parou e as pessoas que estavam dançando congelaram. Meu pai segurou minha mão enquanto olhávamos com um silêncio de estupefação para as janelas quebradas lá em cima. Parecia, em um primeiro momento, um artifício fantástico da festa: pedaços de vidro brilhando como diamantes enquanto caíam do céu.

Depois começou o pânico e a gritaria. O chão do salão de festas estava coberto de cacos de vidro, alguns sujos de sangue. Eu sabia que tinha cortado o braço, mas ignorei.

— Mary! — eu gritei, tentando abrir caminho em meio ao caos.

Os guardas do palácio entraram montados em cavalos e eu suspirei aliviada. Mas quando eles começaram a revirar as mesas e as cadeiras, e a colocar fogo nas cortinas, percebi com um sobressalto que aqueles não eram os guardas que me protegeram a vida inteira. Eram impostores.

— Mary! — gritei de novo, mas, como a sala estava tomada por gritos, os meus não eram ouvidos.

Meu pai me empurrou contra uma parede.

— Fique aqui — ele me ordenou com firmeza.

Os homens nos cavalos, que estavam lá do outro lado do salão, partiram para cima dele, atropelando quem estivesse no caminho. Uma senhora idosa gemia caída no chão, o cabelo branco manchado de sangue por causa de um corte na têmpora. Eu assisti aterrorizada a meu pai ficar na frente de um dos cavalos em disparada e tentar tomar as rédeas do cavaleiro antes que ele matasse aquela senhora pisoteada.

— Por que vocês estão fazendo isso?! — eu gritei para o salão todo ouvir.

Um guarda subitamente virou o cavalo na minha direção, me encostando ainda mais contra a parede.

— O que você disse?

Olhei para cima e vi um par de frios olhos azuis. Eu o reconheci imediatamente: o cabelo louro-claro e os dentes brancos e brilhantes — aquele era o rosto que me dava pesadelos. O homem que havia matado minha mãe. Cornelius Hollister.

Ele vinha nos observando. Esperando. E de repente minha raiva superou qualquer medo que eu pudesse estar sentindo no momento. Se ele ia me matar, eu queria que me respondesse primeiro.

— Por que vocês estão fazendo isso com a gente? — eu repeti bem alto, porém mais calmamente dessa vez.

Ele se virou, olhando lá para trás, para seu exército, como se estivesse buscando uma resposta.

— Porque vocês representam uma era que precisa chegar ao fim. Porque, enquanto a Inglaterra está passando fome, vocês estão dando um baile — ele respondeu enquanto descia do cavalo. Esforcei-me para não recuar enquanto ele se aproximava. Então Hollister sacou uma arma e encostou-a no meu peito.

Senti o metal gelado através da seda do vestido. Não ousei desviar meus olhos dos dele. Tudo de que ele precisava era fazer um movimento simples com o dedo indicador e eu estaria morta.

— Sinto muito, princesa Eliza — ele disse, mas não parecia ser verdade, pois disse isso enquanto engatilhava o martelo da pistola. Então fechei os olhos, travei o corpo, cerrei as mãos e esperei ele atirar.

— Abaixe essa arma agora — era a voz do meu pai. Ele estava imóvel, apontando uma arma dourada, fina como um lápis, para Hollister. E, sem nenhum aviso, puxou o gatilho. Como se tudo estivesse em câmera lenta, a bala bateu no colete a prova de balas de Hollister, fazendo um som sibilante enquanto caía no chão. Eu olhei, confusa, para a bala inútil, caída no chão como uma moeda perdida. Hollister não se machucou. Mas, no exato momento em que se distraiu, meu pai correu até mim. E pude sentir por um último e breve momento a segurança dos braços dele. Então Hollister nos viu, e os olhos frios e azuis dele eram apenas rasgos raivosos.

— *Não!* — eu berrei enquanto ele puxava o gatilho. A bala entrou pelas costas do meu pai e saiu pelo peito. Ele caiu no chão e o corpo dele foi ficando flácido.

— Papai! — eu gritei, me agachando e tentando apertar inutilmente as mãos contra a flor de sangue que já manchava a camisa branca do fraque que ele estava usando.

— Eu... eu sinto muito — ele murmurou com a voz trêmula. Ainda tentou me estender a mão, mas ela caiu de lado e o corpo dele ficou imóvel. E eu soube que, naquele momento, meu pai tinha ido embora.

Tudo à minha volta, o caos, o barulho, as brigas, tudo se dissolveu enquanto eu olhava para ele em um torpor de incredulidade. Um par de mãos me agarrou pelos ombros, me levantando e me levando para longe dele, mas eu tentava me soltar.

— Eliza! Vamos! — a voz de Mary me acordou do meu transe. Ela costurou com destreza um caminho através da confusão até a passagem de serviço escondida atrás da escada dos fundos.

Enquanto corríamos para nos salvar em meio à chuva de balas que voavam pelo salão de festas, me arrisquei a olhar para trás uma última vez. O corpo do nosso pai estava no chão, e o sangue dele se esvaía tão vermelho quanto as rosas espalhadas pelo salão.

7

MARY SE ATRAPALHOU COM O FERROLHO DA ESCADA DE serviço por causa das mãos trêmulas. Eu cobri os ouvidos, tentando bloquear os gritos e o som dos tiros e dos cascos dos cavalos. Finalmente, ela empurrou a porta, entrou correndo e me puxou bruscamente atrás dela.

Eu a segui pela escada estreita, segurando firme meu vestido para não tropeçar. Mary corria de maneira decidida, e os passos firmes e rápidos da minha irmã me diziam o que eu ainda me recusava a encarar: ela agora era rainha da Inglaterra.

Ao atingir o topo da escada, chegamos a um longo corredor com tapetes persas e molduras de madeira escura, no qual uma fileira de velas iluminava nosso caminho. Em algum lugar do enorme labirinto de corredores imaginei poder ouvir o exército de Hollister se aproximando.

Em uma porta logo à nossa frente havia uma placa pendurada e ornada com uma faixa de blocos coloridos como o arco-íris e amarrados um no outro. Nela lia-se “Quarto de Jamie”. Arranquei a placa e o barbante se partiu na minha mão. Os blocos caíram no chão. Eu tinha ajudado Jamie a fazer essa placa quando ele tinha 4 anos. Lembro-me de nós dois sentados na frente da lareira, tomando chocolate quente com mel, enquanto costurávamos os blocos uns nos outros. Mesmo isso tendo acontecido depois dos Dezessete Dias, de repente essa memória parecia ser de muito antes — de tantos anos atrás que era de um tempo impossível de ser lembrado.

Mary passou voando por mim e abriu a porta com um empurrão. O quarto estava em silêncio, as cortinas azul-claras balançavam com o vento. Sob a luz fraca, Mary e eu caminhamos até a cama de Jamie. A colcha estava puxada de lado e a cama, vazia. Tudo que havia lá era o amado ursinho Paddington do nosso irmão.

— Eles o levaram! — a voz de Mary tremeu de pânico. Fiquei olhando incrédula para a cama vazia. Mary estendeu a mão para pegar o ursinho caolho.

Eu queria conseguir sentir alguma coisa. Até chorar teria sido um alívio.

— Qual é o problema?

No meio da minha onda de tristeza eu devia estar imaginando a voz do meu irmão. Levantei a cabeça. Na luz nebulosa, vi Jamie de pé na minha frente, vestindo um pijama listrado de azul e branco, o cabelo todo bagunçado.

— Jamie? — Minha voz fraquejou ao pronunciar o nome dele. — É você?

— Quem mais poderia ser?

— Jamie! — Mary exclamou, lágrimas escorrendo-lhe pelo rosto. — Onde você estava? Você não estava na cama. A gente achou que...

— ela parecia estar dando uma bronca nele e Jamie deu um passo para trás, assustado.

— Eu peguei no sono no banco da janela — ele começou a explicar.

— Ah, Jamie, aconteceu uma coisa horrível — Mary estendeu-lhe a mão e ele correu para nos abraçar. Jamie tinha cheiro de xampu para criança e de remédio para tosse.

O som de passos pesados ecoava no corredor lá fora.

— O que está acontecendo? — Jamie perguntou, olhando assustado para Mary e para mim.

— Shhh — Mary pressionou um dedo contra os lábios. Era possível ver sombras se mexendo pela fresta de luz que passava por baixo da porta do quarto.

— Eles estão bem aqui fora — eu sussurrei. Então peguei a cadeira da escrivaninha de Jamie e a coloquei firmemente embaixo da maçaneta. Eu sabia que isso não era suficiente para detê-los, mas iria no mínimo retardá-los.

— Mary? — Jamie olhou para nossa irmã, os olhos piscando de medo.

— A gente explica tudo mais tarde — eu disse para ele, surpresa com minha voz calma. — Agora precisamos encontrar um jeito de sair daqui — tentei vasculhar o quarto mentalmente. Chamas vermelhas e violentas dançavam do lado de fora da janela, e suas pontas ondulavam como mãos tentando me agarrar. Tentei olhar através das labaredas para o pátio lá embaixo, onde os verdadeiros guardas reais lutavam contra os impostores. Balas e lanças riscavam o ar. Corpos de soldados mortos amontoavam-se no chão de paralelepípedos.

Sem aviso prévio, uma lâmina de machado atravessou a porta do quarto. A cadeira que eu tinha colocado embaixo da maçaneta se quebrou em pequenos pedaços que caíram no chão como palitos de dentes.

Mary gritou, segurando Jamie nos braços enquanto outra machadada despedaçava a madeira da porta. A lâmina de aço brilhava sob a luz.

— O armário de guerra! — sussurrei com urgência. Como eu não tinha pensado nisso antes?

Os olhos de Jamie se iluminaram.

— Ele leva aos túneis subterrâneos. Podemos escapar por lá! — a passagem antiga não era usada desde a Segunda Guerra Mundial.

Mary pegou a colcha e vários suéteres de Jamie. Nós nos agachamos para entrar no armário dele, tateando a madeira do fundo na escuridão, procurando a maçaneta escondida.

— Achei — Jamie gritou, animado. Apesar do medo, senti meu peito se encher de orgulho.

A porta escondida se abriu e revelou um pequeno elevador de tração projetado para nos levar até os túneis de segurança lá embaixo. Nós três mal cabíamos no pequeno compartimento, mesmo sentados encolhidos, os joelhos colados no peito. Estendi a mão para acionar o mecanismo.

— Meu remédio — Jamie disse de repente.

Minha mão segurou firme nas cordas. Jamie não sobreviveria muito tempo sem ele. Mary abriu a passagem mais uma vez e voltou para o quarto. Já fora do elevador, fiquei espiando pela fresta da porta do armário.

— Eles não entraram ainda — eu disse, o coração disparado.

Jamie correu para fora antes que eu pudesse impedi-lo.

— Eu pego. Eu sei onde está.

— Vão logo. Por favor, vão logo — eu sussurrei para eles.

Assim que Jamie voltou para o quarto escuro, ouvimos o som alto de uma pancada. Os soldados tinham finalmente quebrado a porta. Voltei para perto do elevador, espiando o que acontecia pela abertura da porta do armário.

Mary segurou na mão de Jamie e, de forma protetora, puxou-o para trás dela. A grande porta de carvalho tinha desabado no chão, levando com ela as luminárias. Quatro guardas entraram e agarraram os dois.

Mary chutou e bateu, lutando contra os guardas com toda a força que tinha. Mas quando outro homem agarrou Jamie e o jogou no chão, pressionando uma espada contra a garganta dele, ela parou de resistir. Mas, antes de se virar cuidadosamente para os guardas, Mary arriscou uma única olhada significativa, por sobre os ombros, como se quisesse que eu entendesse as intenções dela. Eu sabia o que ela queria: que eu escapasse. Olhei para o elevador. Se eu ficasse, seria feita refém junto com meus irmãos. Mas como eu podia ir embora?

— Onde está a outra? — um dos guardas, que parecia ser o líder, berrou para Mary. Ela permaneceu em silêncio, mordendo os lábios. — Responda! — ao ver que ela não iria dizer nada, o homem ergueu o punho e acertou-a no rosto. Sangue espirrou da boca de Mary.

— Vasculhem o quarto — o líder mandou, olhando para um guarda mais jovem que estava de pé na porta. Este começou a revirar as coisas de Jamie, mexendo nos cobertores e espiando embaixo da cama.

— Comece pelos armários — o guarda mais velho ordenou de forma ríspida.

Dei um passo para trás, tentando me esconder no meio das roupas penduradas. Não dava tempo de entrar de novo no elevador. Procurei silenciosamente por algo que pudesse usar como arma, mas tudo que consegui encontrar foi um sapato.

O jovem guarda abriu a porta do armário e afastou casacos e roupas. Os cabides de metal tilintavam uns contra os outros, as roupas balançavam. E então ele me viu.

O rapaz parou por um momento, a mão na arma, enquanto nos encarávamos. O cabelo louro sujo caía-lhe na testa em cachos bagunçados, e seus olhos verdes brilhavam. Prendi a respiração.

Ele abaixou a arma e deu um passo para trás.

— Está vazio — ouvi o jovem guarda dizer para os outros. Ele fechou a porta do armário e me deixou cercada pela escuridão outra vez. — Chequem a escada dos fundos.

Ouvi o som dos passos pesados dos guardas no corredor quando saíram correndo do quarto.

Sentada dentro do armário, petrificada, me perguntei: *Ele tinha me visto ou não?*

Ao sair do armário, tropecei, confusa. O quarto de Jamie estava rapidamente se enchendo de fumaça negra. Labaredas foram levadas para dentro pela brisa, dando início a pequenos focos de incêndio.

— Mary! Jamie! — eu gritei, andando pelo quarto cheio de fumaça. Eu ainda estava agarrada a um dos suéteres de Jamie, que coloquei sobre a boca para proteger os pulmões. Em apenas alguns segundos o fogo se alastrou para a cama do meu irmão, para o carpete e para as almofadas de pelúcia no chão. As chamas atingiram meu cabelo. Abafei-as com o suéter, mas as pontas do meu cabelo ficaram chamuscadas.

— Mary! Jamie! — eu gritei de novo, mas o único som que ouvia era o das chamas estalando enquanto engoliam o quarto.

Eles tinham ido embora e eu não tinha outra alternativa a não ser ir também.

Corri de novo para o armário. O ar estava mais limpo lá dentro, e eu o respirei longa e sofregamente enquanto entrava no elevador e puxava a alavanca.

Ao chegar lá embaixo, saí aos tropeços do elevador e comecei a correr pelo túnel, meus pés afundando em poças de água. Estava tão escuro que mais de uma vez quase dei de cara com uma parede, derrapando freneticamente para parar. Teias de aranhas atingiam meu rosto e morcegos agitavam as asas à minha volta. Então senti cheiro de fumaça e comecei a entrar em pânico. Aqueles túneis não eram usados há mais de cem anos.

Depois, um ínfimo fio de luz apareceu ao longe, mas começou a ficar cada vez maior até eu perceber que era um pequeno retângulo de metal: a escotilha de saída.

Alcancei o trinco, pressionando a mão contra a superfície de metal. Mas ele estava emperrado, enferrujado depois de décadas sem uso. Dei alguns passos para trás, juntando toda a força que ainda tinha para correr e jogar o peso do meu corpo contra aquela abertura. A escotilha se abriu e eu saí para a noite.

Respirei fundo em busca de ar fresco, mas não havia. O ar estava abafado e pesado com fumaça. Eu me virei para o palácio e vi que as chamas escalavam a fachada de pedra como vinhas. Os soldados de Hollister estavam espalhados pelo campo, destruindo tudo que viam, e atirando nas pessoas que tentavam fugir.

Examinei o jardim procurando um jeito de escapar. Meus olhos pararam nos canteiros de rosas que eu tinha plantado com minha mãe e que desde os Dezessete Dias estavam sempre enlameados e vazios. Um som pipocou no ar como um tiro. Todos os vidros das janelas do palácio estavam explodindo. Abaixei-me e cobri a cabeça com as mãos enquanto cacos transparentes caíam sobre mim como granizo afiado. E, de repente, tropecei em algo e caí para a frente. Deitada atravessada na passarela estava uma pequena e quente montanha de pelos.

— Bella! — eu gritei, tocando-a no peito. Haviam cortado-lhe a garganta e a respiração dela estava superficial e lenta.

Bella olhou para mim. Ela tentou farejar minha mão enquanto eu olhava para os olhos grandes e castanhos da minha cadela.

— Sinto muito — eu falei, impotente. Deitei a cabeça no chão úmido ao lado de Bella, e coloquei os braços em volta dela. A poça de sangue se espalhava pelas pedras. — Sinto muito não ter conseguido proteger você — eu senti os últimos e difíceis suspiros dela. Olhei para cima, para as estrelas quase sem brilho e para a mancha que era a lua.

Ouvi os passos pesados e as vozes ásperas dos guardas vasculhando o jardim do palácio.

Que eles me peguem, pensei, que me matem aqui. Minha mãe estava morta. Meu pai tinha sido assassinado. Meus irmãos estavam possivelmente mortos. Até minha cachorra eles levaram de mim. Todos que eu amava tinham ido embora. O peso da dor caiu sobre mim como um cobertor de chumbo. Fechei os olhos e continuei deitada ao lado de Bella, esperando eles me encontrarem e me matarem também.

Mas em vez do cano gelado de uma arma ou da lâmina afiada de uma espada, de repente senti algo macio, uma asa se esfregando no meu rosto. Toquei-o, pensando que eu já devia estar morta e que já estava com minha mãe novamente. Então ouvi um assobio suave e abri os olhos. Empoleirado nos restos queimados do roseiral estava um pequeno pássaro.

— Blue? — eu sussurrei, ainda achando que estava imaginando coisas.

Ele assobiou de volta e depois saiu voando pela noite no céu cheio de fumaça.

Blue era um gaio azul bebê que, contra todas as probabilidades, tinha sobrevivido aos Dezessete Dias. Mary e eu o ouvimos chilrear e o encontramos ainda vivo, cercado pelos corpos mortos dos outros pássaros e pelo corpo aberto da mãe dele, pousado protetoramente sobre o ninho. Eu o peguei e o aqueci com as mãos — e ele estava tão assustado que o coração batia muito rápido dentro do seu corpo pequenino.

Fiz um ninho de palha e desenterrei minhocas do jardim, que esmagava e dava para ele várias vezes por dia. Deixei-o em segurança dentro de uma pequena caixinha de madeira para que ficasse mais forte. Até que um dia, enquanto eu o segurava, ele abriu as asas e voou para longe das minhas mãos. Ele pareceu tão feliz! Quase surpreso de ter asas e poder voar.

Ao pensar na felicidade de Blue descobrindo que podia voar, alguma coisa dentro de mim me fez ficar de pé. Levantei-me, meio entorpecida, e fui até o buraco de uma das últimas três árvores que ainda havia no jardim.

Um grupo de soldados corria pelo gramado e passou pelo lugar onde eu havia estado segundos antes, pisando no pequeno corpo de Bella. Eles carregavam tochas, e as botas cheias de espetos de metal que estavam usando brilhavam sob a luz das chamas. Na entrada do palácio, outro soldado abriu fogo contra uma mulher que corria tentando se salvar. Ela caiu no chão com um gemido trêmulo. Era Margaret, uma de nossas empregadas. Gritei por dentro, cerrando os punhos com tanta força que cravei as unhas na palma das mãos até sair sangue.

Queria fechar os olhos, mas me recusei a desviar o olhar. Soldados ainda saqueavam o palácio, levando armas, comida, tudo o que conseguiam carregar. Eles tinham até encontrado os últimos tanques de óleo. Os serviçais do palácio, os convidados, todos que não tinham sido mortos, estavam sendo amarrados e vendados, e depois jogados no fundo de caminhões cobertos com lona preta. Os gritos aterrorizados dos prisioneiros se espalhavam pelo ar da noite. Os soldados os ignoravam e enchiam os tanques dos caminhões com o óleo que haviam descoberto. As palavras rabiscadas nas laterais dos automóveis brilhavam sob a luz das chamas dançantes: O NOVO REGENTE CHEGOU.

Os caminhões saíram pelos portões, com os soldados montados a cavalo seguindo de perto. Depois eu vi Hollister: o cabelo louro brilhando, uma das mãos erguida em sinal de vitória enquanto se afastava dos destroços queimados da minha casa.

Eu estava viva. Minha vida tinha sido poupada, e só podia ser por uma razão.

Eu tinha de matar Cornelius Hollister.

8

MEUS PULMÕES DOÍAM ENQUANTO EU CAMINHAVA PELA estrada deserta.

Eu tinha perdido os soldados de vista horas atrás, mas, apesar da exaustão, continuava seguindo firme e em frente. Eu tinha saído correndo do palácio atrás dos caminhões, perseguindo-os rua após rua, as luzes traseiras ficando cada vez mais apagadas enquanto eu ia ficando para trás. Agora sentia os pés doerem, as sapatilhas de seda rasgadas e em farrapos. Mas eu precisava continuar. Mantive-me na estrada seguindo na mesma direção em que tinha visto os caminhões pela última vez. De vez em quando, sentia cheiro de diesel e sabia que estava no caminho certo. Ninguém mais tinha carros além da Família Real — e, agora, de Cornelius Hollister.

Eu não fazia ideia de quanto tinha caminhado, apenas me guiava pelo rio Tâmisa. Apesar de cheirar a salmoura e a lixo, a presença familiar dele, sempre como uma sombra negra à minha esquerda, era estranhamente reconfortante. Eu sabia, por conta da posição do rio, que estava indo para o sudoeste.

Olhei para os subúrbios desolados à minha volta. Nenhuma pessoa à vista, nenhuma luz nas ruas. Um bando de ratos cruzou a rua em debandada e desapareceu em um bueiro. Eu tremi. Meu vestido pêssego praticamente não oferecia nenhuma proteção contra os ventos cortantes que vinham do rio. Eu estava congelando; tinha perdido o suéter de Jamie em algum momento da minha fuga. *Jamie.* Meus joelhos cederam quando pensei na expressão no rosto do meu irmão quando o levaram. Mas balancei a cabeça, tentando expulsar essa lembrança. Eu não podia pensar sobre a noite passada, não ainda — porque, quando me lembrava, quando encarava o fato de que meu pai tinha morrido e que meus irmãos tinham sido capturados, eu sofria, mas não podia fazer isso agora. Eu não podia parar.

Ouvi um ruído de pneus atrás de mim. Por meio segundo me permiti pensar que era o Exército Real vindo me resgatar, mas eu sabia que isso não era possível. Não existia mais Exército Real. Então corri para o acostamento da estrada, me escondendo na entrada escura de um prédio recoberto por tábuas de madeira, torcendo para não ser vista.

Um caminhão se arrastou pela estrada, indo na mesma direção que eu. E estava grafitado com a mesma mensagem que eu havia visto antes: A NOVA GUARDA ESTÁ SURGINDO.

Comecei a correr atrás dele, mas diminuí o passo depois de poucos minutos. Se eu pudesse seguir um desses caminhões, ele me levaria ao acampamento de Cornelius Hollister. Mas eu nunca ia conseguir acompanhá-los a pé.

Da próxima vez, eu estaria preparada.

Um bando de pombos voou para o oeste sobre o rio Tâmisa. Uma rajada de vento me atingiu com tanta força que precisei me segurar no pilar de aço embaixo da ponte, protegendo os olhos das cinzas que eram sopradas. Depois, tão rápido quanto surgiu, o vento se foi. O ar estava parado de novo.

O vento trouxe o cheiro pútrido e podre de lixo. Lutei contra o impulso de tampar o nariz e, em vez disso, me dirigi para o rio. Barcos de lixo costumavam navegar pelo Tâmisa; a pilha de lixo talvez tivesse algo usável, afinal, eu não podia aparecer no acampamento da Nova Guarda com um vestido de festa. Eu tremia enquanto caminhava pelas margens do rio. Mais ao longe avistei o barco vermelho e preto, abandonado e jogado para a margem por uma tempestade. As pilhas de lixo amontoavam-se nas laterais do rio, os sacos de plástico preto rasgados. Apesar da luz fraca, vi a silhueta de pessoas andando pelas pilhas, pegando o que fosse possível. Eram os Coletores: os sem-teto que sobreviviam catando os lamentáveis restos dos tempos antigos. A cada ano havia menos lixo aproveitável. O que aconteceria quando não houvesse mais nada digno de salvar?

Eu nunca tinha visto Coletores antes. Só apareciam quando caía a noite.

Esperei, agachada, observando-os. Eu tremia descontroladamente sob o vestido fino e úmido: a pele dos meus braços parecia gelo, e meus dedos estavam dormentes. Eu não podia ficar assim. Não havia saída a não ser juntar-me a eles. Dirigi-me cuidadosamente para o barco, mas sempre alerta para o caso de precisar voltar para a estrada.

Sob a névoa que subia do rio, os Coletores catavam nas pilhas de lixo. Eles eram magros, mas pareciam perigosos, como se tivessem sido desenhados a navalha. Vários homens carregavam pedaços de cano nos ombros tensos, prontos para bater em alguém a qualquer momento. Pedaços de lixo voavam em volta deles, e uma cadeira de plástico voou com uma rajada de vento, indo pousar no rio.

— Alguém está vindo — uma menina exclamou, e todos os Coletores viraram a cabeça, os olhos escuros me analisando. Uma mulher mais velha, com olhos cansados, levantou ameaçadoramente o cano que segurava. Não pude deixar de perceber que ela tinha feito buracos na ponta dos sapatos, de forma que os dedões coubessem. Imagino que um sapato pequeno demais era melhor do que nenhum sapato.

— Eu não quero problemas — falei alto, as mãos para cima. Uma menina de cabelo louro, quase branco, levou uma das mãos às costas e puxou uma barra de ferro que tinha tido uma das pontas afiada. Ela apontou a barra, como uma lança, diretamente para meu peito.

Dei um passo para trás.

— Por favor — implorei —, só estou procurando roupas. Alguma coisa que me esquente.

A menina olhou para o homem de cabelo prateado em busca de aprovação. Ele então balançou a cabeça lentamente.

— Cinco minutos — disse o líder — Esta é nossa área e não gostamos de invasores — eles se viraram como se fossem uma só pessoa e se afastaram de mim.

Tremendo de forma incontrolável, tentei peneirar pelos sacos plásticos que estavam molhados, rasgados e cobertos de fuligem. Mesmo no frio, o cheiro era enjoativo. Agachei-me e comecei a procurar: peguei uma garrafa quebrada, caixas de bebida, potes de plástico, caixas de suco, um laptop quebrado com um líquido marrom ácido da bateria pingando da estrutura prateada como se fosse sangue. Tudo estava encharcado, coberto de mofo, decadente. Olhei derrotada para as pilhas de lixo.

Envolvi meu corpo com os braços congelados na tentativa de me aquecer. Minhas mãos estavam tão frias que eu não conseguia abri-las ou fechá-las para continuar procurando.

— Você está tremendo. Seus lábios estão azuis — ouvi uma voz dizer.

Olhei para cima e vi a menina loura com a barra de ferro. Ela trazia algo nas mãos.

— Tome, pegue isto — E jogou um monte de roupas aos meus pés.

Tentei agradecer, mas meus lábios estavam congelados demais para falar. Tateei rapidamente a pilha de roupas: vesti um suéter de lã e pulei dentro de umas calças de homem que iam até o chão.

— Obrigada — eu disse, tentando falar com os lábios adormecidos. — Por favor, uma outra coisa. Os caminhões que passam por aqui... com as pichações. Você os viu? Sabe para onde vão?

Ela balançou a cabeça, me olhando pensativamente.

— Eles passam a intervalos de poucas horas pela estrada que há atrás desse muro. Quando ouvir os caminhões, esconda-se. Eles a levam se a virem. E se a levarem, você não volta mais — ela começou a se virar para ir embora.

— Espere! — eu gritei. — Por favor, espere — Levei a mão ao pescoço para sentir o toque frio do relicário. Eu tinha me esquecido de tirá-lo. A foto da minha mãe e a inscrição com meu nome, Elizabeth, me entregariam na hora. Levei as mãos à nuca para abrir o fecho. Deixando-o cair na palma da minha mão, eu o abri para olhar pela última vez a foto da minha mãe. Mais um adeus que eu estava sendo forçada a dizer muito antes de estar pronta para isso. — Por favor, tome conta dele — eu disse, entregando o relicário para a menina. O ouro brilhou sob a luz fraca.

Ela olhou para o colar em choque, como se nunca tivesse visto nada tão lindo. Depois balançou a cabeça.

— Boa sorte — a menina disse, e, sem mais uma palavra, começou a correr pelas montanhas de lixo na direção dos outros Coletores, que esperavam por ela.

Quando levantei a mão para dar adeus, ouvi o som de um motor. Escalei o muro e me encolhi de forma meio improvisada, tentando parecer menor e chamar o mínimo de atenção possível. O caminhão estava se aproximando pela minha esquerda, carregado de farinha de trigo e alimentos. Ia ser uma aterrissagem fácil.

Então segurei a respiração, esperando até o caminhão ficar bem embaixo de mim, e pulei.

9

SENTEI NA CAÇAMBA DO CAMINHÃO, ME APOIANDO ENTRE um saco de farinha de trigo e um barril de algum líquido que jorrava para lá e para cá. Meu coração estava disparado. Eu não sabia que tipo de barulho meu pouso tinha feito, mas o motorista não tinha encostado o carro e sequer diminuído a velocidade. Depois de alguns minutos me senti segura o suficiente para tentar dar uma espiada e reconhecer a redondeza.

Lá na frente, iluminado contra o céu que amanhecia, surgia o contorno de um palácio com torres. O reflexo de luzes de carvão brilhava nas janelas da construção. Eu a reconheci imediatamente: Hampton Court.

Eu me lembrava daquele palácio como sendo a residência de Henrique VIII e de todas as esposas dele, uma atração turística antes dos Dezessete Dias. Mary e eu costumávamos visitá-lo com nossas governantas, Rita e Nora, quando éramos pequenas. Nós navegávamos pela cidade no Barco Real, seguindo as margens verdes do rio e acenando para quem nos observava enquanto passávamos. Era o que mais gostávamos de fazer no verão. Nós nos vestíamos com vestidos brancos e chapéus de palha de abas largas. E o palácio era fechado para o público, a fim de que pudéssemos ficar no jardim tomando chá gelado com bolinhos.

Quando passamos pelo portão da frente, me escondi embaixo de um saco de farinha. Mesmo que o exército de Hollister estivesse precisando de novos recrutas, eu duvidava que eles iriam gostar de descobrir um passageiro clandestino no caminhão de mantimentos.

O caminhão diminuiu a velocidade e parou. Esperei ouvir os passos do motorista desaparecem na direção da entrada, mas em vez disso ouvi-o se aproximar dos fundos do veículo. Segurei a respiração.

— O que temos aqui? — um homem com cabelo sujo e cacheado e um nariz torto afastou os sacos para o lado, revelando meu esconderijo. Ele sorriu para mim com a boca cheia de dentes quebrados.

— Estou aqui para me alistar no exército — eu disse, forçando a voz para parecer mais forte, dura e neutra.

— Na caçamba de um veículo de serviços alimentares? Isso me parece mais roubo.

— Por favor — eu implorei rapidamente. — Está frio aqui fora e eu estava caminhando desde Londres. Pode checar: não toquei em nada.

O guarda me olhou de uma maneira estranha. Percebi o olhar dele percorrendo meu rosto, meu peito e minhas pernas. Congelei. Será que ele tinha me reconhecido?

— Bom, você está com sorte — ele falou. — Não existe alistamento aos domingos. Em geral, você teria que voltar amanhã de manhã. Mas, como sou o oficial que recruta, vou alistá-la agora mesmo. Vai ser nosso pequeno segredo.

— Obrigada — eu disse, firmando a voz. Ele fez um gesto para eu acompanhá-lo, e eu o segui por um caminho que passava pela antiga portaria, onde um cartaz sobre a porta dizia NOVOS RECRUTAS.

— É aqui? — eu perguntei, parando em frente à porta.

— O alistamento fora de hora é por aqui, um pouco mais à frente — ele então apontou para a frente, mas tudo que pude ver foi um campo deserto. De repente, senti a mão dele no meu ombro.

— Então, qual é seu nome, hein?

Meu coração começou a acelerar. No palácio, ninguém ousaria me tocar assim. Mas eu não fazia ideia se aquele era um comportamento normal. Sorri discretamente e dei um passo para trás, escapando do alcance dele.

— Você é bem bonita — ele continuou avançando na minha direção, me encostando contra a parede. Senti a mão dele no meu peito e tentei me contorcer para me afastar.

— Por favor — eu pedi, mas ele se inclinou, chegando ainda mais perto, e pressionou a boca contra a minha. Então gritei: — Saia de cima de mim! — tentei bater no peito dele, lembrando-me do que o Mestre de Armas Real tinha nos ensinado sobre como nos defender quando estivéssemos desarmados, mas quanto mais eu me esforçava, mais aquele guarda apertava os dedos no meu pescoço. Eu não conseguia respirar. Bati na parede, torcendo para alguém me ouvir, mas meus punhos mal fizeram barulho contra as pedras espessas.

— Cale a boca! — ele sibilou, cobrindo minha boca com a mão. Tentei chutá-lo, mas ele pressionou o joelho contra meu estômago, me prendendo ainda mais contra a parede, enquanto tentava desastradamente abrir minha camisa. A outra mão apertava minha garganta com tanta força que comecei a ver pontinhos luminosos. Eu ia desmaiar.

— Solte a garota. Agora — eu ouvi a voz de uma menina que parecia vir de muito longe.

A mão do homem afrouxou no meu pescoço e eu arfei, respirando de forma curta e rápida para recuperar o fôlego. Lentamente, meus olhos começaram a focar. O guarda estava parado, as mãos erguidas, enquanto uma menina segurando uma espada corria na nossa direção. Ele se afastou com medo.

— Me entregue sua sevilhana — ela grunhiu.

— Portia, eu...

— Isto é intolerável — a menina deu uma estocada no homem e arrancou o distintivo dele. — Me entregue a sevilhana — o guarda tirou relutantemente a arma do cinto.

— Agora deixe o acampamento ou eu mesma castrarei você.

— Mas...

— Vá! — ela gritou, levantando a arma enquanto o guarda se virava e corria na direção do bosque.

— Obrigada — eu disse, me encostando na parede para me apoiar.

A menina se virou e fixou os olhos verdes em mim, me encarando duramente.

— Quem é você? — ela vociferou.

Eu gaguejei o primeiro nome que me veio à cabeça.

— P-Polly McGregor — quando as palavras deixaram meus lábios, rezei em silêncio para que Polly ainda estivesse bem na Escócia.

Tentei ver melhor minha salvadora. Ela era alta e bonita de uma maneira incomum: tinha as maçãs do rosto proeminentes e cabelo louro-escuro comprido caindo nas costas. Apesar de aparentar ser apenas cerca de um ano mais velha do que eu, ela tinha uma autoconfiança de aço, o que a fazia parecer mais velha. Perguntei-me que posição ela ocuparia no exército. Ela parecia estar acima do meu agressor: onde ele tinha um distintivo no uniforme, ela ostentava uma medalha dourada. Os olhos amendoados dela me examinaram de cima a baixo.

— Você sabe que não há alistamento hoje.

— Sim — eu murmurei em resposta. — Foi isso que ele disse, e aí...

— Não se preocupe com ele — ela vociferou. — Ele não vai ousar voltar aqui. E se ousar, vou usá-lo para praticar tiro ao alvo — ela sorriu, os dentes brilhando perigosamente, o que sugeria que não estava brincando. — Agora, de onde você é, Polly McGrecor?

— Escócia.

— Escócia? Engraçado, você não tem sotaque escocês.

Eu me aprumei.

— É porque cresci em Londres. Só me mudei para a Escócia com dez anos.

— E para que você serve exatamente? — ela perguntou.

Fiquei olhando para ela.

— Quero dizer — ela continuou —, por que eu deveria abrir uma exceção e deixá-la se alistar hoje? Que habilidades você tem? Ou eu só vou poder lhe dar a missão de limpar latrinas?

— Eu sei cavalgar e atirar com pistola. Sou bastante boa com espadas também — eu acrescentei. Quanto mais acesso a armas eu tivesse, melhor.

Ela me encarou de novo. Sustentei-lhe o olhar sem piscar.

— Certo — ela disse finalmente. — Você vai ficar no meu esquadrão... por enquanto. E vamos ver se você é boa mesmo. Eu sou Portia, aliás — ela acrescentou. — Sargento, Divisão das Garotas, Seção Nove — e dizendo isso deu meia-volta e eu corri para segui-la.

— Ah, e Polly? — ela acrescentou por sobre o ombro, sem nem se importar de olhar para mim. — Não apronte uma dessas de novo. Fique fora de perigo ou haverá consequências. Eu mesma tomarei conta disso.

Eu balancei a cabeça, sem ousar falar.

— Bem-vinda à Nova Guarda.

10

O ACAMPAMENTO DAS GAROTAS DA SEÇÃO NOVE ERA NO terceiro andar, em uma sala comprida com uma fileira de janelas altas que davam para o pátio. O piso antigo de Hampton Court estava arranhado; os retratos, grafitados e rasgados. Olhei para fora — até os jardins haviam sido destruídos, e as banheiras de pássaros, quebradas.

— Esta é Polly — Portia anunciou para as vinte e poucas meninas no dormitório. Esperei que me apresentasse a cada uma, mas ela não o fez. — Você pode ficar com aquela cama — ela me disse, apontando para o canto. — E fique com isto — Portia jogou um saco bege de lavanderia bem cheio na minha direção.

Dei uma olhada rápida no que havia lá dentro: um uniforme, meias de lã marrom e um par de botas. Nenhuma arma. Na verdade, percebi que Portia parecia ser a única com uma arma.

Ajeitei-me na estreita cama de metal que me foi designada e olhei em volta. A maioria das garotas estava no chão, reunidas em um círculo, jogando cartas. No bolo: um brinco de argola prateado, um aparelho de barbear com cabo de plástico rosa, uma bala e um boné vermelho com orelhas felpudas.

No beliche ao meu lado, estava sentada uma menininha indiana, traçando com o dedo um desenho imaginário no cobertor de lã verde-ervilha.

— Eu sou Polly — eu me apresentei.

Ela olhou para mim, surpresa.

— Vashti — ela respondeu.

— Você está aqui há muito tempo? — eu perguntei.

— Não muito — ela respondeu timidamente.

O rosto de Vashti era delicado. Ela tinha grandes olhos castanhos, e suas mãos e dedos eram muito finos.

— Como? Quero dizer... por que você veio para cá?

Os olhos castanhos da menina se encheram de lágrimas e imediatamente me arrependi de ter perguntado.

— Sinto muito — eu disse. E coloquei minha mão sobre a dela.

Dei uma olhada para as meninas jogando baralho, preocupada que pudessem nos ouvir.

— Vashti — eu continuei baixinho. — Você sabe em que parte do palácio mora Cornelius Hollister?

Ela balançou a cabeça rapidamente, em sinal negativo.

— Você sabe como eu posso descobrir?

Ela me encarou com os olhos arregalados e se inclinou para sussurrar no meu ouvido: — Se não quiser problemas, não faça perguntas.

Vashti olhou para as outras meninas, absortas no jogo, e depois de novo para mim. Ela levantou o cabelo que lhe cobria o pescoço, revelando uma cicatriz horrível. Partindo do pescoço e descendo até as costas havia quatro linhas ensanguentadas e escuras.

Eu engasguei.

— Quem fez isso com você?

Ela ergueu um pouco o queixo, apontando para as meninas sentadas em círculo no chão.

— Elas fizeram isso com um garfo.

Fiquei olhando para as garotas, imaginando-as segurando Vashti no chão, golpeando o pescoço dela com um garfo e rasgando-lhe a pele.

— Quem são elas? — eu perguntei baixinho.

— Além de Portia, claro, você precisa realmente ficar atenta à June — Vashti fez um gesto indicando uma menina pálida e alta, que tinha os olhos adornados com grossos e escuros círculos de lápis de olho, e engoliu em seco, nervosa, antes de continuar — e à Tub. Ela é a segunda no comando.

Ao lado de Portia, na cabeceira do círculo, estava sentada uma menina morena com cara de brava. Os braços enormes e musculosos dela eram cobertos por tatuagens que pareciam ter sido esculpidas por ela mesma com uma faca. Ela olhava em volta com olhos duros e escuros. Foi quando bateram na porta do quarto.

— Sargento? — uma menina mais velha chamou. Ela usava a mesma medalha dourada que Portia, mas parecia claramente intimidada por ela. — Luzes apagadas em dez minutos. E não se esqueçam de apagar todas as velas e lamparinas — ela acrescentou de maneira tímida, olhando para a vela que bruxuleava no centro do jogo de baralho.

— Obrigada, Sarah — Portia sorriu de forma afetada. Assim que Sarah desapareceu da porta, Portia começou a bater palmas. — Vocês ouviram, meninas. Hora de ir para a cama! — enquanto olhava todo mundo se deitar, ela puxou para si, com uma risada, a pilha de objetos apostados durante o jogo.

Assim que todas estavam acomodadas, Portia se dirigiu à porta.

— Boa noite. Durmam bem. Não deixem o bicho-papão pegar vocês — ela disse cantarolando, depois soprou a vela e saiu para o corredor. O quarto ficou escuro. A única luz fraquinha que ainda havia vinha da lua, que brilhava por trás das nuvens cinzentas. O vento sibilava contra os vidros altos das janelas.

— Vashti — eu chamei, prendendo a respiração. — A Portia não dorme conosco?

— Portia? *Aqui?* — ela suspirou com um calafrio, como se só esse pensamento já a apavorasse. — Não. Ela dorme com as outras comandantes no andar de cima.

Virei para olhar para a janela, na esperança de dormir, mas havia um som vindo lá de fora. Ouvi-o com atenção. Sob as rajadas de vento e o barulho dos vidros, sob os pedaços de conversa sussurrada, ouvi o som de gritos humanos.

Levantei e me sentei na cama, alarmada.

— O que é isso?

— O que é o quê? — a garota chamada Tub perguntou.

— Esses gritos — eu respondi.

— Ah, são só os prisioneiros nos Campos da Morte — ela disse. — Você vai se acostumar logo, logo. Agora chega de falatório ou vou reportá-la — olhei para o teto, o coração disparado, enquanto pensava nas cicatrizes nas costas de Vashti. *Fique calma. Não faça perguntas. Seja paciente.* Recitei mentalmente essas palavras várias, como um mantra.

Dava para sentir as molas de metal do meu colchão e o cheiro de mofo do cobertor. Virei de lado, cobrindo a orelha com a mão. Os gritos agonizantes ecoavam na minha cabeça, transformando-se em uma horrível trilha sonora para as imagens que eu não conseguia parar de me lembrar: Jamie e Mary capturados pelos soldados de Hollister; o peito do meu pai encharcado de sangue enquanto ele morria deitado no chão do salão de festas; minha mãe com as costas arqueadas, arfante, enquanto o pêssego envenenado caía da mão dela; os rostos assombrosos e vazios dos Coletores no rio; e os horríveis dentes amarelos do soldado que me atacara atrás da portaria.

Travei os dentes e enterrei a cabeça no travesseiro para que ninguém me ouvisse chorar.

Quando meus soluços finalmente pararam e minha respiração acalmou, me senti estranhamente separada de mim, como se uma parede de ferro estivesse surgindo, protegendo meu eu verdadeiro do eu que agora iria enfrentar o mundo.

Quando senti que estava caindo no sono, apenas uma palavra ecoava na minha cabeça. *Vingança.*

11

FOMOS ACORDADAS NO MEIO DA NOITE. DO LADO DE FORA das janelas altas e retangulares o céu estava preto como carvão. Dei um pulo na cama, em pânico e suando. Alarmes soavam por todo o palácio e as pesadas passadas dos soldados ressoavam pelos corredores e escada abaixo, ecoando nas paredes espessas de pedra. Ainda sonolenta, meus olhos se adaptavam lentamente à escuridão, mas eu conseguia perceber a silhueta das meninas do quartel vestindo os uniformes com rapidez.

— Rápido, vista-se — Vashti disse.

— O que está acontecendo? — eu perguntei, confusa.

— É a Noite da Morte — Vashti respondeu, apertando o cadarço das botas. Enquanto dava os nós, pude ver que as mãos dela tremiam.

— Noite da Morte? — eu engasguei ao pronunciar essas palavras.

Ela se sentou ao meu lado.

— Eles pegam os prisioneiros capturados nos assaltos noturnos e fazem pares com os soldados da Nova Guarda. Depois, lutamos com eles até a morte. É um treinamento de guerra.

No escuro, tentei olhar para os olhos castanhos de Vashti, absorvendo as palavras dela. Depois ouvi a voz de Portia nos chamando da porta.

— Estejam no pátio em dez minutos para o Teste de Patente.

— Corra — Vashti disse de novo, tocando no meu ombro. — Você precisa colocar seu uniforme.

A noite estava fria e escura. Fiquei perto de Vashti, seguindo as longas filas de soldados do palácio para a área externa. Ao longe, as chamas das tochas iluminavam o pátio murado, lançando sombras bruxuleantes e fumaça. As chamas pulavam loucamente com o vento, e pedaços de fogo se soltavam e morriam no ar.

— Para o pátio externo — um soldado chamou, e as tropas marcharam em fila para o que antes foram fontes e gramados com arbustos aparados. Sob a luz das tochas ardentes, olhei para os guardas patrulhando os corredores entre as torres e a torre de observação que dava para os pátios. Sob a fumaça que saía das lamparinas de carvão, guardas caminhavam para cima e para baixo, vigiando a área.

A multidão de soldados reunida no pátio assistia a tudo com ansiosa expectativa. Um caminhão a diesel roncou ao longe, e o brilho dos faróis lançava uma luz no chão pavimentado de pedra. As palavras pintadas em preto na lateral do caminhão, como um cartaz gigante, diziam: UMA NOVA GUARDA PARA NOVOS TEMPOS.

Um silêncio se espalhou pela multidão quando um soldado se aproximou da traseira do caminhão. Os guardas se afastaram enquanto ele tirava lá de dentro um prisioneiro encapuzado e o empurrava bruscamente, para que ficasse sob o brilho dos faróis.

As mãos dos prisioneiros estavam algemadas às costas; os pés deles também estavam algemados; e a cabeça de todos estava coberta com um saco de tecido preto em que havia pequenos buracos na altura dos olhos.

Um soldado corpulento e de cara avermelhada usou o cano da arma para empurrar para o centro do pátio o prisioneiro que tinha sido tirado do caminhão.

Vashti se virou para mim, sussurrando no meu ouvido.

— Esse é o Sargento Fax. Um dos guardas mais cruéis.

— Novos recrutas serão chamados aleatoriamente para lutar com os prisioneiros — Portia disse ao passar pela Divisão das Garotas.

Ela tinha a postura ereta, o rosto duro como pedra, os olhos verdes capturando a luz, e o rosto bonito e bem esculpido contrastando com o do prisioneiro que tremia, aterrorizado, no meio do pátio. O longo cabelo de Portia estava bem preso em um rabo de cavalo baixo. E ela trazia ao lado do corpo uma espada embainhada.

— Soldado Thomas Cutter — ela falou alto para a multidão, lendo o nome de um pedaço de papel. Um menino deu um passo à frente. Ele parecia ter uns 15 anos. O cabelo escuro estava cortado bem rente ao couro cabeludo, e ele ostentava uma espada e a sevilhana, o símbolo da Nova Guarda, desenhados na cabeça. Os olhos castanhos refletiram a luz do caminhão e um sorriso largo irrompeu no rosto dele. O menino parecia ansioso para lutar. Portia sorriu-lhe de volta e escolheu uma arma de uma pilha.

— Escolha uma com dois gumes — disse o jovem soldado.

Portia puxou uma espada com dois gumes reluzentes e finos.

— Ele é das forças de Resistência — ela informou o soldado. — Faça-o sofrer.

A multidão de soldados encorajava o menino. O barulho era ensurdecedor. O prisioneiro mascarado foi empurrado e ficou de joelhos, impotente, esperando o oponente. Portia se aproximou do soldado e entregou-lhe a espada.

— Tire a máscara dele — ela ordenou para o Sargento Fax, que arrancou o capuz preto do prisioneiro, revelando-lhe o rosto. O prisioneiro era um homem de trinta e poucos anos, com cabelo castanho na altura dos ombros e uma barba esparsa. Os olhos apavorados do homem percorriam o pátio, e gritos de "Mata!" ecoavam pelo jardim. Roupas esfarrapadas pendiam do seu corpo magro como se fossem um esqueleto, e feridas abertas cobriam-lhe a pele.

As algemas que lhe prendiam mãos e pés foram tiradas, e o Sargento Fax entregou-lhe uma espada, cega e inexpressiva se comparada à do soldado. O peso da arma arriou os braços do prisioneiro. Uma fúria feroz parecia crescer nos olhos do jovem soldado. Ele levantou a espada, ganhando aceleração e força, e a desceu na direção do pescoço do membro da Resistência. Em um movimento desesperado, o homem juntou toda a força que ainda tinha e brandiu a espada que segurava com dificuldade na tentativa de bloquear o golpe de Cutter.

Mas isso apenas enfureceu ainda mais o soldado, que deu um passo para a frente e, sem dar ao prisioneiro chance de se defender, afundou a longa espada no abdome do homem desamparado. Então Cutter soltou o punho da espada, deixando-a atravessada no corpo do prisioneiro. A multidão urrava enquanto o homem moribundo cambaleava para trás, as mãos em volta da lâmina, tentando inutilmente estancar o sangue que jorrava da ferida.

Levei as mãos aos ouvidos, tentando abafar o barulho ensurdecedor da multidão, mas a voz estridente de Portia atravessou o barulho.

— Nova Recruta Polly. Divisão das Garotas, Seção Nove.

Olhei para ela, chocada. Vashti olhou para mim. Balancei a cabeça.

— Não posso.

— Você precisa ir — ela disse, apertando meu pulso. — Se não for, vão mandá-la para os campos de trabalho forçado. Acredite em mim: você não quer ir para lá, algemada, apanhando dos soldados. Eles vão forçar você a construir as câmaras da morte.

Dei um passo para a frente, aterrorizada. Enquanto o primeiro prisioneiro ainda agonizava, o Sargento Fax tirou outro encapuzado do caminhão. Portia me deu minha arma: uma espada média com apenas um gume. Segurei firmemente o cabo de couro enquanto o Sargento Fax arrastava o segundo prisioneiro na minha direção. À minha volta, ouvia os soldados da Nova Guarda entoando "Mata! Mata!".

Por baixo do capuz preto que lhe cobria o rosto, eu podia ver que o prisioneiro era um homem — alto e musculoso, não era magro ou coberto de feridas como o anterior. E diferentemente do primeiro prisioneiro, que agora estava caído diante da multidão, este não estava magro de fome ou doente por ter sido torturado nos Campos da Morte. Ele devia ter sido capturado há pouco tempo.

No pulso do homem havia uma tatuagem da bandeira da Grã-Bretanha, com as palavras LIBERDADE OU MORTE escritas embaixo. Eu me virei para olhar os rostos escuros e borrados na multidão, que gritavam "Luta! Luta!". As tochas soltavam nuvens espessas de fumaça negra no ar noturno. No canto do pátio, o primeiro prisioneiro finalmente tinha caído de vez, mas os dedos e os olhos dele ainda se mexiam.

— Conheça seu oponente — o Sargento Fax soltou uma risada ao tirar o capuz do prisioneiro.

Eu o encarei. Ele me encarou de volta. Ele tinha a estrutura física de um soldado: era musculoso e forte, tinha cabelo castanho cortado curto e barba, levemente grisalha, por fazer. Percebi que os olhos dele eram gentis.

Os guardas tiraram as algemas de suas mãos e pés. E lhe deram uma espada curta e cega. Encaramo-nos. Eu me perguntei se havia um jeito de fazê-lo saber que eu estava do lado dele, que estava ali para combater a Nova Guarda, não para lutar com ele. Tentei fazer contato visual. Dei um passo à frente para me aproximar.

E depois vi a espada dele descer. Levantei a minha, detendo o golpe com um bloqueio alto e desviando-o com um bloqueio baixo. Lembrei--me rapidamente do que o Mestre de Armas Real tinha me ensinado: bloqueio curto, deixar a espada inclinada, usar toda a força, peso e velocidade do corpo em cada movimento.

Os olhos do prisioneiro demonstravam ferocidade enquanto ele golpeava. Ele queria me destruir. Ele tinha visto a Nova Guarda invadir seu bairro, assassinar e capturar seus amigos e família. Os olhos do homem focaram em mim, então ele ergueu a espada e atacou. Eu recuei, bloqueando os golpes dele, nossas espadas batendo ensurdecedoramente uma na outra, o peso dos golpes dele me empurrando para trás.

Eu bloqueava o mais rápido que podia, mas a espada dele continuava vindo na minha direção como um borrão de aço. Sem aviso prévio, a lâmina passou pelo meu ombro, cortando a fina tela do uniforme, mas sem atingir minha pele. Antes mesmo de eu tirar os olhos do corte, a espada dele arranhou os nós dos meus dedos como mil cortes de papel. Sangue escorreu pelo meu pulso. Senti o sangue quente pingando do meu braço. Com o canto dos olhos, vi o Sargento Fax observando tudo de forma ameaçadora.

Lembrei-me de um truque que o Mestre de Armas Real tinha nos ensinado: telegrafar. Olhei para a direita. Ele levantou a espada para bloquear. Mas em vez de erguer a minha, golpeei-o por baixo. Ele gritou de raiva e de dor, olhando para o próprio pulso. Sangue apareceu onde minha espada tinha cortado a pele dele. Então bloqueei a mão-guia do prisioneiro com minha espada e me posicionei atrás dele. Ele virou a cabeça rapidamente, mas, antes que pudesse me bloquear, encostei a lâmina no pescoço dele.

Se o homem se movesse sequer um milímetro agora, a espada afiada lhe cortaria a garganta. O prisioneiro engoliu em seco. Pude sentir o corpo dele tremendo de medo, e suor começou a se formar na testa dele e a encharcar-lhe a roupa. Não pude evitar olhar para a tatuagem que ele tinha no pulso: a bandeira da Grã-Bretanha agora brilhava com as gotas de sangue.

— Corte a cabeça dele! — um soldado gritou. Então os outros começaram a bradar alto também, no começo meio desencontrado, mas depois todos no mesmo ritmo. — Corte a garganta dele! Faça-o sangrar!

Ainda segurando a espada no pescoço do prisioneiro e protegida pelos urros dos soldados, sussurrei no ouvido dele: — Você lutou pela Resistência?

— Sim, e vou lutar até a morte — ele respondeu.

Ele se virou para tentar me golpear, minha espada lhe arranhando a pele.

Cheguei mais perto: — Largue sua arma agora e eu não mato você.

Ele inclinou a cabeça, incrédulo, mas, sem nenhuma outra opção, deixou a espada cair no chão. Ainda mantendo minha espada no pescoço dele, me inclinei para pegar a dele. Eu tinha ganhado. Afastei-me do prisioneiro com as duas armas na mão. Achei que a multidão iria me aplaudir, mas eles ficaram em silêncio. Percorri o pátio com os olhos. Os soldados me olharam de volta.

O Sargento Fax apareceu e ordenou: — Acabe com ele!

Olhei nos olhos do prisioneiro e depois para o Sargento Fax, que, antes que eu pudesse recusar, segurou-o pelo cabelo com uma mão e meu pulso com a espada com a outra, forçando-me a golpear. A força da pancada cortou as artérias do pescoço do prisioneiro e sangue jorrou da ferida como um dilúvio. Cambaleei para trás, tentando limpar freneticamente o sangue daquele homem dos olhos. Tudo que eu via era vermelho.

— Se hesitar no campo de batalha, você acabará morta — o Sargento Fax gritou na minha cara. Depois, vendo a tatuagem da bandeira britânica no braço direito do prisioneiro, ele pegou a própria espada e, pisando no cotovelo do homem com sua bota preta pesada, decepou o pulso tatuado. Tentei não olhar para a mão desmembrada largada no chão de concreto. Com a ponta da espada, o Sargento Fax levantou-a no ar enquanto os soldados aplaudiam.

12

CAMBALEEI DE VOLTA PARA A FILA, O SANGUE FRESCO pingando da espada que ainda tinha em mãos. Imagens grotescas surgiam na minha cabeça; levei uma mão à boca. Eu podia ver o sangue jorrando da ferida daquele homem. Podia sentir a mão do Sargento Fax sobre a minha, guiando a espada pelo pescoço do prisioneiro, a carne cedendo quando a lâmina cortou-lhe a pele delicada.

A multidão já estava aplaudindo a próxima luta, distraída demais para prestar atenção em mim. Fui empurrando e abrindo caminho cegamente entre eles, as mãos tremendo.

Cambaleei até uma área vazia, em que havia uma passagem que levava aos claustros. Estátuas de leões, corvos, cavalos, gárgulas e dragões cobriam as paredes. Eu podia sentir na boca o gosto metálico do sangue do prisioneiro. Esforcei-me para vomitar, mas eu não tinha nada no estômago.

Fechei os olhos e larguei o corpo no chão, abraçando os joelhos contra o peito e tremendo incontrolavelmente. Eu tinha acabado com uma vida inocente. Do outro lado do pátio esquerdo, vi uma banheira de pássaros despedaçada, feita de pedra, funcionando com água da chuva. Levantei-me com esforço, me afastando da passagem que levava aos claustros. A escuridão do céu noturno estava lentamente dando lugar a outra manhã cinzenta. Consegui chegar à fonte e joguei minha espada lá dentro. Depois, coloquei as mãos em concha na água gelada da chuva, e lavei o sangue dos olhos e da boca. A água caía das minhas mãos em correntes cor-de-rosa.

Fiquei olhando para as enormes paredes de tijolo vermelho que me cercavam, analisando os restos de estátuas que havia no jardim, quando me dei conta de que estava sozinha. Eu estava sozinha e de posse de uma arma mortal. Enfiei a lâmina na água, observando o sangue se diluir. Eu odiava Cornelius Hollister e o exército dele mais que qualquer sentimento ou medo que tivesse pela minha vida. Agora que eu era de fato uma assassina, era hora de encontrar o homem que eu tinha vindo matar.

Examinei o vasto complexo do palácio. Havia luzes acesas no andar de cima da torre principal. Legiões de tropas patrulhavam a fortaleza. Olhei lá para cima, para as janelas acesas. Será que Cornelius Hollister estava morando ali? Na torre principal ele estaria protegido, mas ainda poderia observar a movimentação do exército. De todos os lugares de Londres, se instalar no meio do complexo que abrigava o exército dele fazia sentido, e, dentro do complexo, só a torre principal lhe traria segurança. Mas não seria fácil chegar lá.

Entrei silenciosamente nos claustros, pisando devagar e parando a cada poucos metros para ouvir o que acontecia em volta. Eu mantinha a espada empunhada enquanto caminhava pelas passagens abobadadas.

De repente, um estrondo ecoou pelo palácio, assim como o som dos soldados gritando. Reconheci a voz do Sargento Fax soando como um megafone: — Três prisioneiros escaparam do tribunal. Mandem todas as tropas para o portão. Repito. Três prisioneiros escaparam. Dois soldados foram feridos. Aumentem a segurança dos portões imediatamente.

Ao ouvir isso, me abaixei atrás de um pilar e aguardei na sombra, mal respirando, praticamente congelada.

Seguindo as ordens que lhes tinham sido dadas, os soldados, de armas em punho, alguns a cavalo, outros a pé, saíram em disparada para vasculhar a área. Espiei em volta, observando-os. Eles batiam as botas pretas com pontas de metal que usavam com força no chão, e esse som ecoava pelo pátio enquanto eles passavam voando por mim.

À minha esquerda, as portas de ferro da torre principal ficaram abertas. Um único guarda continuava sozinho lá fora, enquanto os outros procuravam os prisioneiros que tinham escapado. O rosto pálido do rapaz estava iluminado pelas chamas das tochas. Ele era jovem, 14 anos, talvez, e segurava o rifle bem perto do corpo, caminhando nervosamente de um lado para o outro.

Procurei no chão alguma coisa para arremessar. Meus dedos encontraram um pedaço de tijolo que tinha caído das muralhas do palácio. Escondida no estreito vão do batente de uma janela, arremessei o tijolo na escuridão, mirando longe no lado direito do soldado.

O som assustou o menino. Ele levantou a arma.

— Quem está aí? — a voz dele estava trêmula de medo.

Encontrei um segundo tijolo e atirei-o ainda mais longe. Ele hesitou antes de mirar a arma na escuridão, depois deu alguns passos para a frente, se afastando da entrada.

— Quem está aí? — ele perguntou de novo para o vazio.

Saí correndo do meu esconderijo na direção da larga porta de ferro e me vi dentro de uma sala cavernosa cheia de *containers* de metal. Abaixei-me atrás deles, esperando para ver se tinha sido vista. Enquanto meus olhos se ajustavam ao brilho fraco da luz que vinha dos andares de cima, percebi que estava dentro de uma espécie de armazém. Os rótulos pintados com *spray* nas laterais dos *containers* diziam ZYKLON B, CIANETO, HCN. Um cheiro forte de gasolina vinha de dois tanques de metal. Caixas de madeira etiquetadas com códigos numéricos guardavam jipes e caminhões do exército desmontados. Estocados lá dentro havia também geradores e armas antiquadas, canhões, flechas de fogo, escudos, armaduras e espadas.

Espremendo-me entre as caixas, aproximei-me de uma caixa com o rótulo ARMAS DE FOGO. Tentei abri-la, esperando encontrar uma arma, mas a tampa estava trancada e as laterais tinham sido soldadas. Ouvi um zumbido vindo de cima e olhei, assustada. Era o murmúrio de vozes. Senti meu coração bater mais rápido enquanto eu subia as escadas correndo e me abaixava para me esconder na plataforma escura.

Segui o som das vozes até ver um fio de luz fluorescente escapando de uma porta. Encostei na parede e desembainhei a espada enquanto caminhava lentamente. Dentro da câmara cavernosa os generais do exército de Hollister estavam sentados de costas para a porta e em volta de uma longa e pesada mesa de carvalho. Plantas, mapas e diagramas cobriam as paredes da sala.

— Os planos para a construção dos acampamentos de F a J no Campo Onze estão prontos — um soldado mais jovem comunicou. Ele estava em pé na frente da sala, apontando para os diagramas. — Temos uma localização para a Coroa Real. Um dos monarquistas torturados confessou — arrisquei olhar para dentro da sala, vasculhando as fileiras de combatentes da Nova Guarda em busca de Hollister.

— Sabia que conseguiríamos uma resposta com a melhoria das técnicas de interrogação — um segundo soldado, mulher, disse.

— *Extraordinária* melhoria das técnicas de interrogação — comentou outra pessoa, rindo.

Encostei de novo na parede. Uma luz bruxuleou no andar de cima. Para chegar lá, eu teria de passar na frente daquela porta. Olhando novamente dentro da sala com o canto dos olhos, esperei até que o jovem soldado virasse de costas, então passei voando pela porta o mais rápido possível. O som de metal batendo em metal reverberou pelo corredor quando a lâmina da minha espada bateu no corrimão da escada. Eu congelei. Uma onda de medo me invadiu.

— Quem está aí? — o soldado que estava mostrando os diagramas apareceu na porta. — O que você está fazendo aqui? Oficiais não autorizados não são permitidos na torre — a voz dele era firme e raivosa.

Apenas balancei a cabeça, sem conseguir falar.

— Responda! — ele ordenou.

Desesperadamente, tentei pensar em uma desculpa. — Sinto muito. Estou perdida, só estava tentando achar meu quarto — assustada, dei um passo para trás, para fora da luz, mantendo os olhos baixos. Dei uma olhada no rosto dele e nossos olhos se encontraram. Naquele instante, o reconheci: cabelo louro-escuro, olhos verdes profundos, maçãs do rosto proeminentes. Ele era o guarda que tinha me deixado no armário durante a invasão do Palácio de Buckingham.

— Você se perdeu na torre? — ele me encarou, desconfiado. Será que ele também tinha me reconhecido? Da última vez que ele tinha me visto eu estava usando maquiagem e um lindo vestido de baile. Agora meu cabelo e meu rosto estavam sujos e eu usava o uniforme do exército de Hollister. Este era o último lugar em que ele esperaria me encontrar, pois, até onde ele sabia, eu tinha sido queimada no Palácio de Buckingham.

— Sim. Hoje é meu primeiro dia aqui — gaguejei, sem esconder o medo na voz. Se ele pudesse ver como eu estava com medo, talvez acreditasse que eu realmente era uma nova recruta completamente perdida.

O jovem soldado deu um passo à frente. Olhei para ele com olhos arregalados e cerrei as mãos para impedir que tremessem. O medo me revirava o estômago. Será que eu deveria tentar correr? Olhei para trás, medindo a distância do corrimão para o andar de baixo. Eu podia pular. Mas aterrissar nas pedras podia me fazer quebrar o tornozelo, ou até mesmo as pernas.

— Desta vez é um aviso — ele disse com raiva. — Não quero nunca mais vê-la onde não deveria estar. Entendeu?

— Sim — eu respondi, e balancei a cabeça de forma cordata.

Os olhos dele recaíram sobre meu rosto outra vez, e um leve franzir surgiu nas suas sobrancelhas.

— Guardas — ele chamou. — Acompanhem a nova recruta de volta para a divisão dela.

— Sim, Sargento Wesley — os soldados disseram, correndo na minha direção.

Antes que os guardas me levassem embora, sussurrei baixinho: — Obrigada. — Como o rosto do Sargento Wesley estava encoberto pela sombra, apenas o brilho dos seus olhos verdes estava visível. Ele ficou parado no corredor, sozinho, me observando.

13

— LEVANTEM, LEVANTEM! — GRITOU TUB. TODO MUNDO resmungou. Ainda estava escuro lá fora — e era pelo menos uma hora antes do horário que normalmente acordávamos. — A última a chegar lá embaixo vai ter que me dar sua comida! — ela acrescentou. De repente, o dormitório virou uma comoção: todas as meninas saltaram da cama, se vestindo depressa e correndo para a sala de jantar. Eu desci as escadas, dois degraus de cada vez, com os cadarços desamarrados.

Quando recebi meu mingau, comi rapidamente, segurando a tigela perto da boca e protegendo-a com o corpo, como todas as outras faziam. Mesmo depois de terminar, meu estômago ainda doía de fome. Eu estava no exército há semanas agora. O treinamento era diário e ia do amanhecer ao anoitecer. Depois vinham os serviços domésticos, que, para mim e para as garotas do meu quarto, significava limpeza geral depois do jantar. A movimentação constante quase não me deixava tempo para pensar em Hollister, muito menos para procurá-lo. Eu começava a me perguntar se ele estava mesmo lá. Ao fim de cada dia, eu estava tão cansada que caía logo em um sono profundo, os músculos doendo de tanto exercício. Meus últimos pensamentos eram sempre meus irmãos. Eu me perguntava onde os corpos deles teriam sido enterrados, ou se eles tinham sido mandados para os Campos da Morte, onde, dizia-se, os prisioneiros eram obrigados a cavar o próprio túmulo.

Estava terminando de tomar meu chá aguado quando Tub reapareceu e nos levou para fora. Encontramo-nos com os garotos nas imediações da floresta. As árvores ainda estavam lá, mas agora eram esqueletos queimados e apodrecidos; apenas galhos nus e casca.

Ficamos lá, parados na escuridão, antes de o dia amanhecer, enquanto Portia, Tub e June entregavam a cada uma de nós uma sevilhana de titânio — munição era algo valioso demais para que nos deixassem usar armas de fogo — e um copo de metal vazio, para o caso de encontrarmos água potável.

— Para vocês, novatos na caça — Portia anunciou, claramente apreciando seu papel de líder —, deixem que eu lhes lembre de uma coisa: este exército é grande e precisa de comida. Assim, caçar essa comida é tarefa de *vocês* — ela parou por um momento para olhar para os soldados reunidos; os olhos dela se demoraram um pouco mais em mim.

— Quem voltar de mãos vazias vai receber o dobro de serviços domésticos. O novo soldado com o maior número de caças será promovido uma patente — Portia fez uma pausa para deixar que absorvêssemos a informação. — Se alguém roubar uma arma ou caça dos colegas, será punido. Esta é a regra mais importante: vocês devem caçar sua presa sozinhos. Não é permitido dividir, trocar, nem subornar. Entenderam? — todo mundo aquiesceu. Vi o Sargento Wesley caminhando pela Divisão dos Garotos com uma jarra de água fresca. Ele colocou a água nos copos de todos os meninos, lembrando-os de beber tudo. Eu imediatamente baixei a cabeça.

— E, finalmente — Portia continuou —, me deixem dar algumas dicas que vão aumentar suas chances de sobrevivência. Não há nenhum animal a temer a não ser as cobras dos pântanos. Então, desde que evitem áreas pantanosas, vocês provavelmente estarão bem. Quase todos os ursos morreram de fome. A única preocupação real de vocês são os Andarilhos.

Um suspiro de preocupação espalhou-se pela multidão.

— Relaxem — Tub interrompeu, rindo do óbvio pavor de todos. — Ninguém foi comido... *até agora*.

— Nós nos encontramos aqui de volta ao pôr do sol — Portia continuou sem se intimidar. — Boa sorte.

Um por um, ela prosseguiu chamando os nomes dos novos recrutas, que então colocavam a mão em um saco de tecido e tiravam pedaços de papel numerados. O número indicava quantos passos a pessoa tinha de dar para longe do grupo antes de começar a caçar. O meu era 574.

Coloquei o número no bolso e olhei para a floresta, me perguntando quão longe 574 passos iriam me levar. Vashti apertou minha mão e sussurrou: — Boa sorte.

Tub ria baixinho ao começar a contagem bem devagar e em voz alta. Eu olhei para o chão enlameado e depois para a frente, para as árvores. Todas pareciam iguais por quilômetros sem fim: desfolhadas, os troncos podres e com as cascas úmidas demais para queimar. Arrisquei olhar para trás, por sobre o ombro, e vi o Sargento Wesley me observando. Virei rapidamente a cabeça, as bochechas queimando, e meu rosto empalidecendo enquanto eu caminhava na direção da floresta morta.

Contei os passos em voz alta enquanto caminhava, a voz de Tub ficando cada vez mais distante até que só havia o som dos meus passos e da minha respiração. As árvores pareciam ameaçadoras: os troncos contorcidos se esticando para me agarrar. Olhei para a sevilhana, impressionada de ver como ela era perfeitamente fina e afiada. Cornelius Hollister a tinha inventado, um tipo mortal de espada que conseguia cortar até ossos. Fiz uma pausa, virando-a de lado para me olhar no reflexo da lâmina. Tudo que eu via refletido era desprovido de cor. Céu cinza, árvores cinza — até meus olhos pareciam cinza.

Minhas botas faziam barulho quando eu pisava na lama e esmagava as folhas caídas no chão, pulando sobre as largas raízes de árvores que a chuva tinha deixado nuas. Cogumelos nasciam em todos os lugares, pequenos e brancos com as pontas vermelhas. Passei a mão sobre eles, procurando algo comestível, mas aqueles cogumelos, assim como todas as coisas na floresta, só levariam à morte. Considerei colher alguns e usá-los para envenenar Hollister, mas decidi não fazê-lo. Eu sequer sabia onde ele estava, mas, quando soubesse, iria matá-lo com minhas próprias mãos.

Parei para examinar o musgo que cobria a casca de uma árvore: ele era macio e tinha um tom verde-esmeralda. Arranquei um pedaço e mastiguei-o lentamente. Tinha gosto de terra e de grama, mas era limpo e eu sabia que não ia me matar. Continuei a andar até que tropecei em algo escondido pelas folhas. Ao olhar para baixo, vi um pedaço de tecido preso em uma pedra. Estava marrom por causa da lama, mas ainda dava para ver a estampa do tecido: xadrez quadriculado, do tipo que usávamos para fazer piqueniques. Minha respiração falhou e meus olhos se anuviaram. Pisquei várias vezes para limpar as lágrimas, me segurando ao muro de aço que havia erguido dentro de mim, lutando contra a fagulha do meu eu verdadeiro que ameaçava surgir. *Não restou nada daquela vida*, pensei com raiva. Não haveria mais piqueniques com cobertores quadriculados.

Mesmo assim, peguei um pedaço daquele tecido e o coloquei no meu saco de caça.

Continuei em frente, passando por uma área de carvalhos queimados, quando ouvi um farfalhar atrás de mim. Congelei, estendendo com cuidado a mão para a sevilhana, pronta para atacar, quando senti uma figura indistinguível se aproximar. Eu me virei e parei.

O Sargento Wesley apontava uma arma para mim.

— Baixe sua arma — ele disse calmamente.

— Eu abaixo a minha se você guardar a sua — eu retruquei de maneira desafiadora, olhando para ele por sobre a lâmina da minha arma. Se chegasse a esse ponto, eu provavelmente conseguiria cortar a jugular dele antes que ele atirasse.

— Eu não aceito ordens — ele disse, mas colocou a arma de volta no coldre. — Sua vez.

Minha mão começou a tremer enquanto eu mantinha a sevilhana em posição de defesa. E se ele estivesse me seguindo? Será que ele tinha descoberto quem eu era e tinha vindo me matar? Será que tinha se lembrado de ter me visto no armário naquela noite?

— O que você está fazendo aqui? — eu perguntei.

— Vim ajudar — ele respondeu friamente. A expressão no rosto do Sargento Wesley era tão indecifrável que eu não fazia ideia se devia acreditar nele ou não. — É difícil achar alguma coisa por aqui... a não ser que você saiba onde procurar.

Hesitei, baixando por fim a sevilhana.

— Você veio me ajudar? Por quê? — eu perguntei, desconfiada.

Ele não respondeu à minha pergunta.

— Vamos. Precisamos seguir em frente. Fizemos barulho nessa área e assustamos toda a caça.

Assim que disse isso, um vento frio balançou as árvores e o céu ficou escuro. O Sargento Wesley parou, olhou para as nuvens negras e franziu as sobrancelhas.

— Estou sentindo cheiro de fumaça — ele disse com calma. Fumaça era o primeiro sinal de um acampamento de Andarilhos.

Aspirei o ar.

— Não é fumaça de madeira — eu disse. Mas também não tinha o cheiro penetrante, doce e enjoativo da fumaça dos Andarilhos.

De repente parou de ventar. O ar tornou-se quente e parado, como se estivéssemos em uma sala totalmente fechada, sem circulação de ar.

— Ah, meu Deus — o Sargento Wesley disse em tom de lamento, e nós dois nos demos conta ao mesmo tempo do que estava acontecendo. — Corra! — ele gritou.

Saímos em disparada quando um raio, como a mão branca de um esqueleto, acertou o chão bem perto de onde estivéramos parados. E então tudo pareceu explodir.

Em um momento eu estava deitada sobre a base de uma árvore, meio tonta por causa da explosão. Em seguida, o Sargento Wesley estava ao meu lado, me pegando no colo e me colocando sobre os ombros.

— Não desmaie! — ele ordenou. Lutei para permanecer consciente enquanto o céu brilhava em tons de vermelho e depois de laranja. Uma chama enorme, do tamanho de uma casa, atravessou o céu, e uma brasa menor, do tamanho de uma bola de beisebol, veio girando e arranhou o braço esquerdo do soldado. Ela queimou o tecido resistente ao fogo, transformando-o em uma massa preta de lava que derreteu na pele dele.

O Sargento Wesley me largou e se jogou no chão, rolando de um lado para o outro a fim de apagar o fogo da jaqueta.

Respirei fundo, sabendo que ia precisar correr, e estendi a mão para ajudá-lo a ficar em pé.

— Tem uma caverna de pedras lá em cima! — ele gritou para mim acima do urro do fogo no céu.

— A gente devia descer a montanha! — eu sugeri aos berros.

— Eu conheço esse bosque — ele insistiu. — Siga-me.

Subir a montanha no meio dos raios ia contra tudo o que eu julgava certo, mas engoli meus protestos e o segui.

Nós nos agachamos para entrar na caverna bem quando uma segunda bola de fogo apareceu, girando em espiral na nossa direção. Toda a encosta da montanha tremeu com o impacto. Eu me arrastei um pouco além da boca da caverna, tentando recuperar o fôlego, mas, agora que estava a salvo, não conseguia desviar os olhos do que estava acontecendo do lado de fora.

O céu estava iluminado por um milhão de pontos de luz, que brilhavam e caíam no chão como uma chuva grossa. Eu não via tanta luz assim desde os Dezessete Dias.

— Que lindo — eu comentei baixinho, admirada. Eram como pequenas estrelas. Como fogos de artifício.

— Lindo, mas perigoso — o Sargento Wesley concordou, e o olhar dele se demorou em mim mais tempo do que o necessário. As faíscas continuavam a cair do céu, ficando cada vez menores e mais espaçadas, até que algumas começaram a ficar do tamanho da chama de um fósforo.

Permanecemos em completo silêncio. Tentei evitar olhar para a arma do Sargento Wesley. Ele a mantinha segura no coldre, mas minha sevilhana tinha entortado com o calor; era completamente inútil agora. Se ele quisesse me matar, eu não teria como impedi-lo.

Houve um momento de quietude no céu. Depois, tão rápido quanto começou, o fogo desapareceu e a chuva caiu. Uma chuva forte e cinza, que transformava a floresta queimada em cinza molhada. A chuva caía em gotas do tamanho de granizos, golpeando a terra.

— Se não fosse por tanta chuva, a Inglaterra estaria pegando fogo — o Sargento Wesley disse ao tirar o casaco, estremecendo ao puxar o tecido onde a bola de fogo havia lhe atingido o braço e deixado uma queimadura em tom de vermelho vivo.

Lembrei-me do tecido xadrez que tinha encontrado. Então tirei-o da sacola e o segurei do lado de fora, debaixo da chuva fria.

— Tome — eu me inclinei para a frente. O Sargento Wesley esticou o braço, mas percebi que segurou na arma com a outra mão quando me aproximei. Enrolei o tecido frio em volta da queimadura. Ele cerrou os dentes, mas não falou nada. Quando virei o braço dele para dar um nó no tecido, percebi algo no seu antebraço: a espada e sevilhana cruzadas, o símbolo da Nova Guarda.

Apertei o nó rapidamente, os olhos baixos.

— Obrigado — ele disse.

— Não foi nada — eu respondi rapidamente. — Você também me ajudou.

Ficamos em silêncio novamente, observando a chuva. Quando ela diminuiu e tornou-se uma neblina fina, saímos da caverna.

O Sargento Wesley caminhava na frente, em silêncio, em meio às árvores caídas. O ar cheirava a chuva e a madeira queimada. — Tenha cuidado — ele me avisou quando passamos a caminhar próximo à beira de um penhasco.

— Estou bem — eu protestei, apesar do fato de que olhar para baixo me deixava um pouco tonta.

— Aqui — ele disse, me estendendo a mão. Relutantemente, peguei na mão dele. Os dedos do jovem soldado envolveram os meus e ele me guiou com cuidado para longe do penhasco, me segurando firme enquanto descíamos.

Quando estávamos a salvo longe do penhasco, ele afrouxou a mão e eu me afastei. Um corvo solitário voou sobre nós, cruzando o céu cinzento. Era a primeira coisa viva que eu via desde que entrara na floresta. Assistimos ao pássaro circular preguiçosamente entre os galhos altos de uma árvore. O Sargento Wesley sacou a arma e mirou diretamente nele. Mas em vez de atirar, abaixou a arma de novo.

— Por que você não o matou? — eu perguntei.

— Ele está circulando em volta do ninho — ele murmurou em resposta. — Está levando comida para os filhotes — olhei para ele, surpresa. — Quer dizer, precisamos que esses pássaros cresçam para, um dia, virarem comida também. Acharemos outra coisa.

Continuamos a caminhar, descendo o declive da montanha sob a luz cinza do meio dia. Era estranho como a bola de sol tinha surgido e ido embora rápido. Perguntei-me se algum dos outros soldados tinha sido pego por ela e o que teria acontecido comigo se eu estivesse sozinha.

De repente, o Sargento Wesley agarrou meu braço e pressionou um dedo contra os lábios. Parei para prestar atenção e depois ouvi também: o som de passos leves vindo de trás das árvores. Ele me puxou para trás dele, a arma em punho, pronto para tirar.

Uma raposa apareceu, seguida por seu filhote. Eles estavam tão lindos, tão paradinhos, olhando para nós com uma mistura de curiosidade e medo! Uma vez, quando eu estava caminhando sozinha pelas florestas da Escócia, uma raposa ficou me seguido, mordiscando os arbustos. Elas eram tão raras que eu as considerava um pequeno sinal de sorte.

O Sargento Wesley virou-se para mim.

— Não vejo uma raposa desde os meus 6 ou 7 anos.

Balancei a cabeça concordando.

— Pensei que estavam todas mortas.

— Talvez elas estivessem só se escondendo — ele comentou.

— A tempestade de fogo provavelmente as fez sair das tocas — eu completei.

Ele largou a arma no chão e se ajoelhou, estendendo a mão com a palma virada para cima, sussurrando para as raposas não terem medo.

Ajoelhei-me perto dele. Na minha sacola, eu ainda tinha um pouco de comida que recebera como almoço naquela manhã. Parti um pedaço da batata, colocando-a no chão como uma oferta de paz para os animais.

A raposa mãe caminhou devagar na nossa direção, o filhote seguindo-a de perto. Eles pararam a poucos metros de distância, nos espiando com cautela.

— Está tudo bem — eu disse com uma voz suave, jogando a batata na direção deles. Os dois deviam estar morrendo de fome, porque comeram imediatamente. Quando terminaram, se aproximaram, sempre se movimentando de forma lenta e silenciosa.

Estendi a mão e toquei na cabeça do filhote. Ele se inclinou e se aconchegou na palma da minha mão. Eu ri, passando a mão no pelo vermelho e áspero entre suas orelhas enquanto ele virava a cabeça de lado como um gato, gostando de ser coçado.

Olhei para o Sargento Wesley, sem acreditar que eles tinham chegado tão perto e comido das nossas mãos com tanta confiança. Pela primeira vez desde a morte do meu pai, senti algo parecido com esperança.

Então um brilho atravessou o ar. A mãe raposa ficou parada, os olhos arregalados fixos em mim. Antes que eu tivesse tempo de reagir, uma segunda flecha levou o filhote ao chão, que caiu morto ao lado do corpo da mãe.

— Na mosca!

Em pé, atrás de uma árvore velha e apodrecida, estava Portia, que baixou sua arma.

14

PORTIA CAMINHOU NA NOSSA DIREÇÃO CARREGANDO O ARCO ao lado do corpo. Ela sorria.

— Desculpe atrapalhar o passeiozinho ecológico de vocês, mas sempre quis ter uma estola de raposa.

Olhei para o corpo das raposas. Os olhos dos animais, ainda abertos, estavam agora vitrificados, e as flechas cor de prata, espetadas em seus pequenos corpos. Apenas um segundo atrás eles estavam vivos e faziam parte do mundo.

— Por que você fez isso? — o Sargento Wesley perguntou com raiva.

— Sobrevivência do mais forte — Portia puxou as flechas do corpo das raposas. Então limpou o sangue nas calças de cavalgar, soltando um suspiro. — O bebê é provavelmente pequeno demais para uma estola, mas eu não podia deixá-lo sem a mamãe, não é? Que criança quer viver sem a mãe?

O Sargento Wesley a encarou, os olhos apertados de raiva.

— Isso não era necessário, Portia.

— Nada é *necessário* — ela riu. — Aliás, o que você está fazendo com minha nova recruta? — ela perguntou enquanto se virava para mim e erguia o arco em um único movimento. A próxima coisa que vi foi Portia mirando diretamente no meio da minha testa. Segurei a respiração, de repente me sentindo congelada no lugar onde estava. — E você, novata? Achei que a tinha mandado ficar longe de problemas. — Olhei para os olhos duros de Portia enquanto ela fazia uma pausa para criar um efeito dramático. — Talvez eu poupe a ambas o esforço e atire agora. Um acidente rotineiro de caça.

— Chega — o Sargento Wesley ordenou. — Você sabe que não pode fazer isso.

Ela suspirou, soprando a franja para cima enquanto baixava o arco.

— Relaxe, Wes. Você costumava ter senso de humor.

— Por que você veio para cá? Você está me seguindo? — o Sargento Wesley perguntou, os lábios tensos.

Ela parou, depois sorriu, mostrando todos os dentes perfeitos e brancos.

— Não seja convencido. Eu não estava seguindo você, estava seguindo as raposas.

— Bom, então — ele disse com raiva —, se não se importar de levar as carcaças com você...

Portia pegou as raposas mortas pelos rabos, colocou-as no saco de caça e jogou o saco no ombro.

— Vejo você no quarto, *Polly* — ela acrescentou, me olhando pela última vez.

O Sargento Wesley ficou olhando fixamente para o bosque, observando-a, até que Portia desapareceu de vista.

Começou a ventar. As cinzas giravam como fantasmas escuros que apareciam e depois sumiam. O céu estava cinzento e parado como o metal de uma arma.

Finalmente, ele falou.

— Sinto muito pela Portia. Ela não foi sempre assim. Ela era... — ele fez uma pausa, procurando a palavra certa. — Diferente.

— Você parece conhecê-la há muito tempo — eu disse, tentando falar com cuidado.

— É, conheço. E não deixei de ter esperança de que a Portia antiga volte.

Eu sabia como ele se sentia. Desejando, esperando.

— Entendo — eu disse.

O Sargento Wesley me olhou como se estivesse esperando que eu continuasse.

— O meu irmão era... doente — eu continuei, de maneira vaga. — Eu costumava manter a esperança de que ele iria melhorar. Mesmo não havendo cura para ele, eu ainda tinha esperança — lembrei-me de como eu tinha certeza de que um dia Jamie iria correr e brincar como um menino normal.

O Sargento Wesley continuou me olhando, mas agora de uma forma mais penetrante, com uma expressão de preocupação no rosto. Ele abriu a boca para falar alguma coisa, mas depois desistiu.

— O que foi? — eu perguntei.

Ele balançou a cabeça.

— Nada. Está ficando tarde. Precisamos voltar.

Ele me guiou rapidamente pelo bosque, seguindo uma trilha que eu jamais encontraria sozinha. Estava quase completamente escuro quando vimos as chamas da fogueira no acampamento subindo entre as árvores e sentimos o cheiro da fumaça preenchendo o ar.

— Aqui — ele disse e me deu um pombo em que havia atirado no caminho de volta. — Lembre-se das regras.

— Obrigada, Sargento.

— Por favor — ele disse. — Me chama de Wesley. E não foi nada. Agora é melhor você seguir sozinha daqui.

Ele deu meia-volta e eu segui em frente, cambaleando, para o acampamento, onde Tub estava checando as caças que todo mundo havia trazido. Entreguei a ela o pombo que Wesley tinha me dado. Quando me viram, as outras meninas ficaram caladas. Tub olhou para Portia, e depois de novo para mim.

— Você matou um pombo? — Portia perguntou, apertando os olhos.

Fiz que sim com a cabeça.

— Ou Wesley matou para você? — ela disse com um ar de zombaria.

— Aqui, pegue — eu disse em sinal de derrota, jogando o pássaro morto para ela, que o pegou com um olhar de surpresa. — Pode ficar. Não estou com fome.

Mais tarde naquela noite, me vi de pé no quarto das garotas olhando para minha cama. Os corpos das duas raposas estavam lá, e o sangue de suas feridas manchava o cobertor verde-escuro.

— Um presentinho — uma voz, vinda de trás de mim, cortou o silêncio. Eu girei nos calcanhares e deparei com Portia e Tub.

— Você sabe costurar? — Portia perguntou com um sorriso afetado. — Estou procurando alguém para fazer minha estola de raposa.

— E uma jaqueta para mim — Tub acrescentou.

Levei uma mão à boca, passando mal. A raposa mãe e seu bebê estavam mortos e deitados na minha cama. Dos corpos de ambos saía um cheiro azedo, e pequenas moscas lhes rodeavam as orelhas e os olhos.

Joguei as carcaças fora, mas o cheiro da morte persistiu, ressurgindo à minha volta várias vezes durante a noite.

15

FIQUEI OLHANDO PARA O CAMPO QUANDO OS CAMINHÕES nos levaram pela estrada suja que saía do palácio. Disseram-nos que participaríamos de um assalto em uma cidade chamada Mulberry. Não fiz nenhuma pergunta. Tinha aprendido a lição. Fazia três dias que Portia colocara as raposas mortas na minha cama, e, desde então, eu vinha tentado me manter fora do caminho dela a maior parte do tempo. O mantra que eu tinha inventado para mim na minha primeira noite havia se tornado mais importante do que nunca. *Fique calma. Não faça perguntas. Seja paciente.* Mas eu sempre sentia os olhos dela sobre mim.

A lua estava clara, então pude ver edifícios sem janela rodeados por cercas de arame farpado. Virei-me para o soldado ao meu lado. Ele tinha olhos castanhos-claros e parecia ter por volta de 15 anos.

— Você sabe para que servem esses edifícios? — eu perguntei baixinho para ele.

O menino deu uma espiada.

— Não sei — ele deu de ombros. — Nunca os tinha visto.

Ao lado de cada edifício, um fosso gigante havia sido cavado na terra e preenchido com terra solta. Apertei o rosto contra o vidro. Saindo da terra, pensei ter visto uma mão humana.

Apoiei a testa nos joelhos, me sentindo enjoada de pavor. Ali devia ser onde enterravam os corpos dos prisioneiros. Será que os corpos dos meus irmãos tinham sido jogados naquela pilha imunda? Será que aquela mão era de Mary ou de Jamie?

Os caminhões seguiram por muitos quilômetros de autoestradas destruídas, o motor roncando, e depois por ruas estreitas do interior cercadas dos dois lados por sebes altas demais. De repente, os caminhões pararam com um solavanco, nos jogando para a frente.

Lá fora havia uma pequena casa caiada com um telhado de palha parecendo um chapéu marrom. A luz de velas bruxuleava nas janelas da casa de campo. Um caminho de pedrinhas passava pela treliça do jardim da frente e ia até uma porta abobadada. O jardim era perfeitamente aparado e havia uma banheira de pássaros feita de pedra. Quando vi a caixa de correios vermelha na porta, soube exatamente onde estávamos.

O Sargento Fax ordenou que saíssemos dos caminhões, depois seguiu com pressa pelo caminho que cruzava o jardim. Ele abriu a porta da casa com um chute, fazendo-a bater na parede, e ordenou às tropas que marchassem lá para dentro.

Forcei-me a seguir em frente, esquerda, direita, esquerda, direita, passando pela soleira da casa das mulheres que me criaram. A primeira coisa que senti foi o cheiro de chá, torradas e pudim de tapioca. Lembrou-me da minha infância. Entramos em uma sala de estar aconchegante, onde duas velhas senhoras estavam sentadas diante de uma pequena lareira. Uma gata cinza, aninhada no braço da cadeira de uma das mulheres, olhou para cima.

Apesar de não vê-las há muitos anos, reconheci Nora e Rita imediatamente. Não que elas fossem me reconhecer agora, usando o uniforme da Nova Guarda e com o rosto cheio de raiva e medo. Meu coração batia lentamente. Elas já tinham me dado banho, me alimentado, e lido histórias para eu dormir. Agora aqui estava eu, apontando uma arma para elas.

O rosto das duas senhoras demonstrou confusão quando olharam para cima, os livros ainda abertos no colo.

— Viemos buscar a Coroa Real — rugiu o Sargento Fax, o pescoço grosso pulsando. — Sabemos que ela está escondida aqui.

A faca que eu empunhava escorregou meio centímetro quando minha cabeça começou a girar. Será que a Coroa Real poderia de fato estar aqui? E, se estivesse, quem teria dado essa informação para a Nova Guarda? A única pessoa que poderia saber disso era Mary, e ela nunca colocaria Nora e Rita em perigo. A não ser que não tivesse outra saída. Virei o rosto, pois o pensamento de Mary e Jamie estarem vivos, mas estarem sendo brutalmente torturados, era demais para eu aguentar.

Surpreendentemente, Rita sorriu para o Sargento Fax, depois para os soldados que cercavam a sala. Ela usava um conjunto de suéter e calças lilás. Uma bengala esculpida em madeira estava encostada no braço do sofá. Havia fotos emolduradas de amigos e parentes penduradas nas paredes. Reconheci uma foto minha e de Mary em um piquenique na lagoa do Hyde Park.

Postei-me atrás da fileira de soldados, para que elas tivessem menos chance de me ver. Baixei os olhos e fiquei encarando o tapete oval.

— Sinto muito, senhor, mas não posso lhe dar a coroa de Windsor — Rita disse calmamente. — Eu não a tenho, e, mesmo que a tivesse, ela não é minha para que eu possa dar.

— Não sei se você me ouviu corretamente — o Sargento Fax rosnou, e as palavras lhe saíam da boca pesadas como tijolos. — Eu disse: me entregue.

Rita deu um sorriso sereno e continuou parada, as mãos magrinhas entrelaçadas à frente do corpo. Nora olhou para ela com uma expressão preocupada.

— É bem possível que você é que não tenha entendido minha resposta. Eu me desculpei por não poder lhe dar a coroa. Mas posso lhe oferecer uma boa xícara de chá. E acabei de fazer uma fornada de bolinhos de *cheddar*.

Risinhos abafados encheram a sala. Pude ver que até mesmo Wesley, parado à porta, tentava não rir.

Ouviu-se um tiro e depois um grito. O Sargento Fax atirou no gato aninhado no braço da cadeira de Nora. Havia sangue salpicado por todo o rosto e mãos da velha senhora. Senti meu estômago revirar.

— Chega de conversa! Me dê as joias agora! Ou você vai acabar como o gato.

Nora começou a tremer de maneira incontrolável. Sem pensar, abri caminho entre as pessoas para ajudá-la, mas Wesley me segurou pelo pulso, fazendo-me parar.

— Não se mexa — ele ordenou com sua voz de sargento, e eu respirei fundo para me acalmar.

Rita olhou para o Sargento Fax, a lareira queimando silenciosamente atrás dela.

Nora olhou para Rita. Toda a cor do rosto dela havia sumido, e lágrimas escorriam-lhe pelas bochechas.

— Por favor, Rita, entregue a coroa para eles — Nora disse suavemente. Mas Rita parecia não poder se mover. Ficou lá sentada, na cadeira, observando o gato sangrar até morrer.

Então, sem dizer nada, Rita fez o que Nora pediu. Ela caminhou, como se estivesse em transe, até o quarto, onde ouvimos o som de um cofre sendo aberto. Um momento depois, ela voltou segurando uma caixa de madeira entalhada com uma fechadura prateada. Quase soltei uma gargalhada: o símbolo do governo do meu pai tinha sido escondido em uma pequena casinha de madeira com apenas duas senhoras protegendo-o. Perguntei-me se meu pai tinha transferido as joias para cá ao perceber quão poderoso Cornelius Hollister estava se tornando, imaginando que ninguém iria pensar em procurá-las aqui.

O Sargento Fax arrancou a caixa das mãos dela, pegando a chave e destrancando-a. Ele vasculhou todos os compartimentos, retirando de lá o tesouro maior: a coroa de coroação dos Windsor, da qual Hollister precisaria para se autoproclamar rei.

Mas antes ele precisaria acabar com a linha sucessória dos Windsor.

Assim, o Sargento Fax levantou a arma e mirou na cabeça de Nora, que fechou os olhos.

— Adeus, Rita — ela sussurrou. A pele das pálpebras da velha senhora era tão fina e enrugada quanto um lenço de papel.

Imaginei-me sacando a faca do cinto e cortando o grosso pescoço do Sargento Fax. Enquanto ele morria, eu diria para ele que seu líder, Cornelius Hollister, nunca usaria aquela coroa, que ela nunca pertenceria a ele.

— Pare! — uma voz disse com firmeza e o Sargento Fax virou a cabeça para olhar. Wesley empurrou a multidão de soldados bruscamente. O Sargento Fax abaixou a arma, olhando para ele.

— Não vamos gastar balas com elas, Fax. Já conseguimos o que viemos buscar.

Depois de uma longa e tensa pausa, o Sargento Fax concordou e os soldados se viraram para sair em fila da casa, seguindo a liderança de Wesley.

As tropas marcharam porta afora, batendo os pés com força pelo caminho sinuoso de pedrinhas. Eu marchei junto, seguindo-os, quando alguém me segurou pelo ombro.

O Sargento Fax apontou para uma pintura a óleo, de uma cachoeira e de um bosque verde e exuberante pendurada na parede.

— Pegue aquele quadro.

— Eu? — eu perguntei estupidamente.

— Sim, você! — o rosto vermelho dele estava muito perto. Tanto que dava para sentir a saliva dele respingando na minha bochecha; tremi de nojo.

— Sim, senhor — eu concordei, fazendo continência.

Virei-me na direção do quadro. Com o canto dos olhos, pude ver Nora, ainda sentada na cadeira, como se tivesse sido transformada em uma estátua de mármore.

Senti os olhos dela em mim enquanto atravessava a sala até a parede atrás do sofá. Os tons verdes e azuis do quadro entraram em foco e pude perceber que se tratava das árvores antigas e largas e da cachoeira onde praticávamos mergulho na Escócia. O quadro parecia ganhar vida, e, enquanto o olhava, eu sentia a brisa, o cheiro da grama, e ouvia o barulho da água caindo e das nossas vozes enquanto nadávamos e mergulhávamos do penhasco.

— Apresse-se! — o Sargento Fax gritou para mim. Então tirei o quadro do gancho enquanto as tropas reviravam outras partes da casa, pegando mesas, cadeiras, pratos, qualquer coisa que pudessem carregar.

Virei-me novamente, desta vez ficando de costas para a parede e de frente para Nora. Ela me olhou com curiosidade, como se reconhecesse algo, uma parte de mim, mas não conseguisse identificar o quê.

— Sinto muito — eu murmurei, espiando para ter certeza de que o Sargento Fax não estava ouvindo, então saí rapidamente.

Dentro do caminhão, os soldados abriam garrafas de bebidas que tinham roubado. Cantavam o hino da Nova Guarda e recontavam momentos de cercos e de outros assaltos dos quais tinham participado, enquanto passavam as garrafas de um para o outro, brindando, como se roubar de velhinhas desarmadas fosse um ato heroico. Recusando o uísque quando me foi oferecido, dei uma última olhada para trás. A pequena casa com uma fumacinha fina saindo da chaminé parecia uma ilustração saída de um livro infantil.

Enterrei as unhas na palma das mãos só para me lembrar de que ainda conseguia sentir alguma coisa. Eu tinha feito mal às mulheres mais gentis do mundo, mulheres que foram como segundas mães para meus irmãos e para mim depois que nossa mãe morreu.

O caminhão chacoalhava pelas estradas poeirentas. A lua estava fraca no céu; as estrelas tinham sumido. Quilômetros e quilômetros de campos se estendiam ao longe como o mar. Eu me sentia oca e vazia, incapaz até de chorar.

Um barulho me arrancou do meu devaneio. Olhei para cima e vi Wesley deslizar para o assento ao meu lado.

— Polly — ele disse com uma certa aspereza na voz.

— O que você quer? — eu perguntei furiosamente, me virando para esconder as lágrimas que ameaçavam escorrer dos meus olhos.

— Eu não deveria precisar impedir você hoje à noite. Você não sabe como é perigoso desobedecer a um oficial?

Ouvi minha respiração ao inspirar e sentir o ar frio e úmido da noite dentro dos pulmões. Por que eu choraria agora? Depois de tudo que aconteceu esta noite, por que agora? Senti-me a ponto de me entregar, mas cerrei os punhos e prendi a respiração, relembrando de como eu odiava todo mundo na Nova Guarda.

— Não posso acreditar no que eles fizeram com... — Me segurei antes de dizer o nome das velhas senhoras. — Quem o Sargento Fax pensa que é para tratar as pessoas assim, matando animais de estimação e pegando as coisas delas? — Eu tremia de desgosto.

Wesley percorreu o caminhão com os olhos para ter certeza de que ninguém estava ouvindo nossa conversa. Ele colocou um braço sobre meus ombros, me segurando com firmeza.

— Polly, se você der um passo em falso, sua cabeça vai rolar. Você não vê isso? Estou tentando ajudar você — ele sussurrou quando os caminhões pararam.

Desembarcamos diante dos portões do palácio, onde Portia, Tub e alguns dos oficiais de patente mais alta estavam esperando para acompanhar a descarga dos itens mais valiosos que trazíamos da casa. Wesley cumprimentou os oficiais com um aceno de cabeça e se dirigiu para o esquadrão dele, a fim de levar os soldados para os alojamentos. Já era hora de dormir. Mas Portia ficou parada, me encarando, os olhos como se fossem flechas. Ela parecia a coruja que se aninha em um galho e fica parada como uma estátua, espreitando a presa.

16

QUANDO ENTREI NO DORMITÓRIO, LOGO VI QUE ALGO ESTAVA errado. Todas as garotas, menos Vashti, estavam reunidas em um círculo no centro do quarto, mas não havia cartas à vista. O ar parecia espesso por conta de uma estranha sensação de espera.

— Eu estou realmente começando a me perguntar sobre você — Portia anunciou, falando lentamente, como se cada palavra fosse um doce que ela queria saborear. — Você ainda não começou minha estola de raposa. Na verdade, acho que você nem sabe costurar. Você não sabe limpar. Seu sotaque vem e vai, de escocês para o de um membro da aristocracia londrina — ela disse a última frase fazendo uma imitação aguda da minha voz e todo mundo riu. Depois a voz dela baixou uma oitava. — Honestamente, não sei o que o Sargento Wesley vê em você. Ele já tinha se envolvido com recrutas antes, mas não assim.

Continuei parada, sem sequer mudar o peso do corpo de perna ou tirar, por um segundo que fosse, os olhos de Portia. Meu coração batia forte.

Tub tomou partido de Portia.

— Você é uma espiã da Resistência?

Portia revirou os olhos e então andou para a frente, a fim de me segurar o queixo, girando meu rosto de forma a me obrigar a olhá-la nos olhos.

— Duvido que ela seja esperta o suficiente para ser uma espiã. Isso é só uma menina idiota que nem sequer consegue seguir ordens simples — todo mundo riu de novo. Ela chegou mais perto, segurando meu queixo com mais força, e se inclinando para sussurrar algo no meu ouvido, de forma que só eu pudesse ouvir. — Me diga: por que você está aqui?

— Estou aqui para lutar pela Nova Guarda — eu respondi alto.

— Está mesmo? Então por que você hesitou quando esteve face a face com um membro da Resistência na Noite da Morte? Você é pró-Resistência ou só é covarde mesmo?

— Estou aqui para lutar pela Nova Guarda — eu repeti, meu rosto como se fosse de pedra, impassível.

Portia soltou meu queixo.

— Então prove.

Dei um passo para trás.

— O quê?

— Prove! — ela repetiu.

Portia puxou a manga direita do uniforme. No antebraço pálido dela havia a tatuagem de uma sevilhana e de uma espada cruzadas. Antes que eu soubesse o que estava acontecendo, Tub e June me seguraram pelos braços. June enfiou o joelho nas minhas costas. Portia ficou ao lado dela, segurando meus pulsos e amarrando-os bem apertado com uma corda.

Elas me levaram para o banheiro. Enquanto Portia pegava uma longa tesoura de uma prateleira, me senti perdendo o chão sob os pés.

Ela segurou minha nuca. Eu não emiti um único som — não ia dar esse gostinho a elas. Senti a lâmina gelada da tesoura no meu couro cabeludo e ouvi o som de corte, depois vi mechas do meu cabelo caindo como chuva no chão do banheiro.

Portia me empurrou para a frente de um espelho.

— O que você acha?

Meu cabelo havia sido cortado bem rente. Tão rente que meu couro cabeludo aparecia.

Tub e June se contorceram de tanto rir, segurando a barriga, o rosto vermelho.

— O Sargento Wesley certamente não vai mais flertar com *você* — June zombou.

Quando me olhei no espelho, o que mais me chocou não foi o cabelo curto demais, cortado de qualquer jeito, mas a desolação estampada nos meus olhos. Eu era uma sombra do que fora um dia.

— Adorei — eu disse, me virando para Portia e para as outras. — Estava querendo mesmo cortar o cabelo.

Mas meu sarcasmo só a enfureceu. O rosto bonito de Portia tornou-se contorcido e vermelho.

— Ainda não terminei — ela retrucou. — June, segure ela no chão.

June me jogou no chão e acabei batendo a parte de trás da cabeça no mármore. Ela me segurava pelos ombros enquanto Tub sentava nas minhas pernas. Com o peso das duas, era impossível me mexer. Eu chutava e me contorcia selvagemente, mas então June puxou sua sevilhana e a colocou no meu peito, de forma que, se eu me mexesse um centímetro sequer, a lâmina cortaria minha pele. Cerrei os punhos.

Com o canto dos olhos, vi Portia em pé ao lado do caldeirão de água que ficava em cima do carvão. Ela estava abrindo um cabide de arame com as mãos para que ficasse reto. Então colocou-o sobre o carvão em brasa.

— Por favor, me larguem — eu implorei, odiando o som desesperado da minha voz, mas sem conseguir me segurar. — Por favor, me soltem.

— Segurem ela! — Portia gritou. Ela olhava para os carvões incandescentes de forma assustadora. As chamas refletiam nas pupilas escuras dos olhos dela. Portia sorriu para as chamas, aproveitando o momento.

Não nos meus olhos, eu rezei. *Não deixe ela me cegar.*

Ela tirou o arame em brasa do fogo, segurando-o na frente do meu rosto.

— Fique parada — ela ordenou. — Se eu estragar, vou ter que fazer de novo.

Então ela se abaixou do meu lado, segurando o arame vermelho e brilhante na mão.

Primeiro senti o calor, como quando se aproxima um dedo no fogo. Depois, quando Portia pressionou o arame quente contra minha bochecha, senti o ardor. Meu corpo se curvou para cima com a dor. Eu me contorcia para me libertar, o que apenas fez com que Tub batesse minha cabeça no chão. A dor da queimadura fisgava todo meu corpo como nada que eu tivesse sentido antes. Alguém gritou, provavelmente eu. O banheiro ficou vermelho, depois preto. O último som que ouvi foi o eco das risadas das garotas.

17

FOI A DOR QUE ME ACORDOU.

Encolhendo-me diante da sensação de agulhas quentes furando a pele embaixo do meu olho direito, pressionei a bochecha contra o chão frio de mármore, mas isso não chegou a aliviar. Respirei profunda e tremulamente, tentando reunir forças, os olhos ainda fechados. Tentando me equilibrar, fiquei em pé e me segurei na pia.

Embaixo do meu olho direito a pele estava inchada, bolhas formando uma imagem imperfeita de uma sevilhana e de uma espada cruzadas.

Elas tinham me marcado com o símbolo da Nova Guarda.

Toquei na pele queimada e em carne viva, e mordi os lábios com força para segurar um grito de dor.

Mesmo sozinha no banheiro, eu não podia deixar Portia ganhar. Não iria mostrar a ela a fraqueza que ela queria ver em mim.

Arrumei-me como pude na pia. Eu precisava partir naquela mesma noite. Se continuasse lá para tentar realizar aquela missão impossível, acabaria morta. Alcancei a porta, mas ela não abria. Estava trancada.

Respirando fundo na tentativa de lutar contra meu pânico crescente, olhei em volta para ver se havia como escapar. Eu não tinha certeza de quanto tempo havia estado inconsciente, mas sabia que Portia acabaria voltando. Havia uma pequena janela redonda na parede virada para o sul que dava para o topo das árvores, mas era de vidro espesso misturado com uma tela de metal. Estávamos no terceiro andar. Se eu pulasse, teria muita sorte de sobreviver à queda.

Tirei desajeitadamente o caldeirão do fogo e bati com ele no vidro, tremendo e segurando a respiração por conta do barulho que ecoou no banheiro. Como ninguém apareceu, bati de novo, e de novo, até que o vidro grosso se despedaçou e caiu no chão, restando apenas a tela de arame.

Então comecei a arrancar o arame até fazer um buraco grande o bastante para eu passar. No parapeito, me segurando na esquadria de pedra com as mãos nuas e machucadas, parei e olhei para baixo, calculando a queda. O ar estava parado. A noite escura cobria todo o céu como uma piscina de tinta: não havia nenhuma estrela à vista. A única luz visível vinha de uma fileira de tochas cujas chamas balançavam sob a janela — os soldados em patrulha. Recuei um pouco, me escondendo nas sombras, sentindo-me tonta e enjoada de dor e de medo.

Notei um som de água pingando à minha esquerda. Olhei naquela direção e vi o brilho de um cano de cobre escondido embaixo de uma grande forração de videiras. Ele tinha sido instalado recentemente, a fim de coletar a água da chuva que empoçava no telhado para bebermos. Eu duvidava que o cano fosse forte o suficiente para me aguentar, mas era melhor que nada. Assim, inclinei-me para fora, tanto que quase caí. As videiras estavam fora do meu alcance.

Respirei fundo, tentando calcular a distância. Depois, em um único movimento, soltei a esquadria e pulei da janela.

Escorreguei rapidamente, ignorando a dor nos dedos ainda incrustados com pedaços de vidro e de arame, até que consegui me segurar nas vinhas. Meus pés se debatiam contra a parede enquanto eu tentava encontrar um apoio. Por fim, consegui me apoiar nas pedras ásperas e nas vinhas, fazendo um esforço enorme para não gritar de dor.

Então, centímetro por centímetro, deslizei ao longo do cano como os bombeiros fazem, até que finalmente senti o chão embaixo de mim.

Pressionei as costas contra o muro do palácio, olhando nas duas direções. Na sombra, a cerca de arame farpado se erguia por três metros à minha frente. Não havia jeito de pular as concertinas farpadas localizadas em cima da cerca sem me cortar toda, e eu não tinha como cavar para passar por baixo dela. Eu precisava fugir pelo bosque. Assim, amarrei novamente os cadarços das botas e disparei na direção das árvores nuas, que funcionavam como um muro de sólida escuridão.

Eu já estava quase do outro lado do campo quando uma figura se materializou na minha frente, me derrubando no chão.

— Mãos nas costas! — berrou uma dura voz masculina. Minha queimadura, que ainda latejava, foi pressionada dolorosamente contra a terra quando o soldado colocou o pé no meu pescoço, me forçando a ficar no chão. Outro soldado se aproximou com uma tocha acesa e amarrou minhas mãos atrás das costas. Estremeci quando senti a corda encostar nas palmas feridas das minhas mãos, mas tentei ficar completamente parada.

O primeiro soldado, um sargento, me virou de costas de forma grosseira, a fim de olhar para meu rosto.

— Qual é o seu nome? — ele perguntou.

— Uma fugitiva — o jovem soldado disse, torcendo meus pulsos até doer. Eu não disse nada.

— Levante-se — o sargento vociferou. Então me ergueu com força e me empurrou para que eu começasse a andar. Eles me cutucavam com as sevilhanas que empunhavam e me tangiam em direção ao campo destruído que levava aos Campos da Morte. Os sons que me assombraram — os gritos agonizantes de dor e o chacoalhar das algemas — ficavam cada vez mais altos. Quando nos aproximamos do portão, vi uma longa fila de pessoas arrastando os pés pelo campo, algemadas pelos tornozelos. Um soldado entregava para cada uma delas uma pá.

Por que eles não usam as pás como armas?, eu pensei. Mas os prisioneiros eram pele e osso, e, em desespero, arrastavam as pás atrás de si. Não havia espírito de luta dentro deles.

— Comecem a cavar! — um soldado gritou, caminhando atrás deles e batendo na cabeça dos mais lentos com o cabo da sua sevilhana. O som do metal contra o crânio deles ecoava na noite. Eu observava horrorizada enquanto o soldado colocava os prisioneiros em fila e atirava na cabeça deles, um após o outro. Eles caíam nos buracos vazios como dominós humanos.

Levei a mão à boca quando a ficha finalmente caiu: aqueles homens tinham sido forçados a cavar o próprio túmulo. Assim que eu atravessasse o portão, nunca mais sairia dali.

Outro soldado montava guarda no portão do Campo da Morte. Pisquei várias vezes por conta da luz súbita da lanterna de carvão, certa de que meus olhos estavam me enganando. Era Wesley. Os olhos dele encontraram os meus, mas ele rapidamente desviou o olhar.

— Barth e Harbor — ele falou para os homens. — Vocês não deveriam estar de guarda no portão?

— Temos uma fugitiva — o Sargento Barth respondeu.

— Passe ela para cá — Wesley ordenou, sem sequer olhar para mim. — E voltem para seus postos agora mesmo.

— Sim, senhor! — os dois soldados o saudaram e se viraram para correr de volta para o campo.

Quando eles foram embora, Wesley soltou levemente a mão que me segurava pelos ombros e me virou de frente para ele. Olhei para o chão, mas senti meus olhos queimando como o arame do cabide de roupas. Nunca tinha sentido tanta vergonha — do meu rosto, das minhas decisões, de como eu tinha sido estúpida ao achar que poderia ir até lá e matar Cornelius Hollister. Em vez disso, eu tinha sido marcada com o símbolo dele.

— Quem fez isso com você? — ele perguntou baixinho. — Foi Portia?

Eu não disse nada. Lágrimas brotaram dos meus olhos, borrando-me a visão.

— Ande rápido e não diga nada — Wesley me ordenou e me empurrou para a frente. A cerca de aço do Campo da Morte se erguia à luz da lua. Parei e me virei para olhar para ele.

— Como você pode conviver consigo mesmo lutando por este exército? — eu perguntei com a voz trêmula, olhando profundamente para os olhos de Wesley. — Se você vai me matar, ande logo e me mate agora.

Ele me empurrou novamente para a frente.

— Você não me ouviu? — ele sussurrou. — Eu disse para você não falar nada. Continue andando — a luz da lua batia nas proeminentes maçãs do rosto de Wesley e acendiam as olheiras fundas dos olhos dele. Já havíamos passado pelo Campo da Morte e agora caminhávamos por um campo escuro na direção de um edifício de tijolos sem janelas.

— Para onde você está me levando? — eu perguntei entre dentes.

Wesley me puxou e começou a desamarrar a corda que me prendia os pulsos.

— Você não vai me levar para o Campo da Morte? — minha voz denunciava minha confusão.

Ele tirou uma segunda arma do uniforme e a colocou na palma da minha mão.

— Você sabe atirar?

— Sei.

— Está carregada. Não a solte nunca. Se nos separarmos, se os Andarilhos a pegarem, atire neles. Não hesite, ou eles a matarão primeiro.

Aquiesci mecanicamente e envolvi os dedos no cabo, tremendo de dor ao colocar o dedo no gatilho para experimentar.

— Vou levar você para um lugar seguro, mas temos que atravessar o bosque para chegar lá — continuou Wesley. — E precisamos ficar quietos e ser cuidadosos. Se me pegarem ajudando você, nós dois seremos mortos.

Levantei os olhos para olhá-lo. Queria confiar em Wesley, mas e se tudo não passasse de uma armadilha elaborada?

— Por que você está me ajudando? — eu perguntei.

Ele olhou para os Campos da Morte lá longe.

— Você não é a única pessoa aqui com alguma coisa a esconder, Eliza.

18

O SOM DO MEU NOME VERDADEIRO ME FEZ CONGELAR. UMA coruja piou lá em cima, aninhada como uma estátua no galho de uma árvore. Tudo estava em câmera lenta, como se o tempo tivesse desacelerado.

— Você sabe quem eu sou — eu disse, mas minha voz era quase inaudível. O ar noturno deixava minha pele fria. Estava tão escuro que eu mal podia ver Wesley parado na minha frente.

— Sim — ele respondeu.

— Alguém mais sabe?

— Não que eu saiba.

Dei um passo para trás.

— Como? Onde...? — balancei a cabeça antes de fazer a pergunta que me perseguia há semanas: — Por que você me deixou escapar naquela noite no palácio?

Ele também balançou a cabeça, como se esperasse a pergunta.

— Eu olhei para seus olhos e... não consegui fazer aquilo — Wesley fez uma pausa, procurando as palavras. — Por favor, confie em mim.

Pensei nas vezes em que ele tinha ficado sozinho comigo, com uma arma em punho enquanto eu estava desarmada. Se ele quisesse me matar, já o teria feito. Finalmente concordei.

— Para onde vamos? — eu perguntei, ainda tonta, enquanto caminhávamos juntos em direção ao centro do campo.

— Você vai ver — ele respondeu de maneira sombria.

Dentro do edifício de concreto e sem janelas, os cavalos de guerra de Cornelius Hollister se debatiam atrás das largas portas das baias. Eles eram pelo menos uma cabeça mais altos do que os cavalos normais e tinham os olhos injetados de sangue, cheios de ódio. Os cascos de aço dos animais coiceavam o chão raivosamente. Eles davam cabeçadas com tanta força nas portas das baias que alguns estavam com a pele em carne viva e parte do osso aparecendo.

Wesley selou uma égua preta e branca enquanto eu me escondia na sombra do umbral da porta, de guarda. As selas e as rédeas ficavam penduradas em suportes nas paredes, e eram tão grossas que pareciam mais armaduras do que acessórios de cavalaria. Pensei em Jasper e senti um calafrio. Estas criaturas tinham sido criadas para a guerra, tinham sofrido maus-tratos desde que nasceram. Elas eram máquinas de ódio e destruição.

Observei Wesley colocar um freio cheio de pontas na boca da égua e reprimi um grito de protesto.

— Você não pode usar isso! — eu sussurrei alto. — Vai machucá-la!

— Eu sei — ele balançou a cabeça tristemente. — Mas eles não obedecem aos freios normais — e, dizendo isso, puxou o animal gigante de dentro da baia e levou-o até o pátio. Então me pegou no colo e me colocou sobre a sela. — O nome dela é Calígula — Wesley disse. — Ela é uma das mais rápidas.

Wesley também montou na égua e se acomodou na minha frente. Calígula disparou de repente, galopando pelos campos. Segurei apertado na cintura dele.

Enquanto adentrávamos o bosque, Calígula começou a desacelerar e passou para um trote largo, transpondo com facilidade raízes e troncos de árvore caídos no chão. Os sons noturnos da floresta preenchiam o silêncio que havia se formado entre nós. Um grupo de morcegos passou voando e gritando, como uma pequena tempestade escura, acima de nós.

Depois do que pareceu uma hora, Calígula finalmente passou a trotar, escolhendo o caminho com cuidado pelas margens de um lago prateado e brilhante. Wesley franziu a sobrancelha, confuso. — Estranho — ele murmurou. — Nunca vi esse lago antes.

— Ele se parece com um lago onde costumávamos nadar na Escócia — eu falei, pensando no lugar onde Mary, Polly e eu tínhamos passado muitos dias despreocupados de verão. Fazíamos piquenique, jogávamos diversos jogos e mergulhávamos de um galho alto de árvore que se debruçava sobre a água. Jamie ficava sentado contando o placar dos nossos mergulhos, envolto por um cobertor, porque sentia frio mesmo no verão.

— Vamos parar aqui — Wesley falou. — Precisamos de água mesmo — ele apeou e amarrou as rédeas de Calígula em um galho. — E devíamos colocar um pouco de água na sua queimadura — ele acrescentou, descendo na direção do lago.

Uma ondulação na água se formou e depois desapareceu antes que eu pudesse ter certeza de tê-la visto. Teria sido um peixe? Eu não via um peixe vivo há anos. Eu podia pescá-lo com um arpão e cozinhá-lo em uma fogueira. George, o pai de Polly, tinha me ensinado a alancear salmão quando eu era pequena. Segui Wesley, também descendo na direção da água, prestando atenção para ver se outra ondulação aparecia. Enquanto me aproximava, vi que a água tinha um tom prateado estranho, bonito, que refletia a luz como se o brilho viesse lá de dentro.

Wesley se ajoelhou e pegou água para beber com as mãos em concha. De repente, percebi por que a água tinha um brilho prateado.

Por uma fração de segundos considerei deixá-lo beber aquela água. Um gole era mais do que necessário para envenená-lo, e eu ainda não sabia se podia confiar nele ou para onde ele estava me levando.

— Espere. Pare — eu gritei no último momento. — É uma piscina de mercúrio! Você vai morrer se beber. Não devíamos sequer estar respirando tão perto disso.

Wesley se afastou rapidamente, os olhos arregalados encarando o veneno prateado. À margem do lago vi o que não tinha percebido antes: os corpos mortos e deformados de criaturas marinhas flutuando na parte mais rasa. Peixes com barbatanas onde deviam estar os olhos, sapos sem pernas e enguias com cabeças nos dois lados do corpo.

Ergui a cabeça e olhei para a floresta do outro lado. Escondida entre as videiras superabundantes havia uma estrutura de cimento com um logo enorme da CX: ali ficava uma das inúmeras fábricas da Chemex, onde tudo, desde xampu e fertilizante a Nuvens da Morte, tinha sido manufaturado antes dos Dezessete Dias. No rastro da destruição, os produtos químicos mortais da fábrica tinham vazado e envenenado a terra em um raio de quilômetros.

— Eu estava pensando que essa era a água mais bonita que eu já tinha visto — Wesley disse, a voz trêmula. — Eu a teria bebido se você não tivesse me avisado — ele olhou para mim. — Obrigado.

— Claro — eu respondi, envergonhada por ter considerado deixá-lo beber aquilo. — Obrigada por... — eu queria dizer *poupar minha vida*, mas, em vez disso, disse: — por manter meu segredo.

Olhei para o lago. Wesley tinha razão. Era a água mais bonita que eu já tinha visto. Bonita, mas mortal. Como tanta coisa no mundo.

Meu rosto ainda doía, mas agora eram minhas mãos que estavam latejando de uma maneira insuportável. O sangue escorria lentamente de lugares onde pequenos cacos de vidro e pedaços de metal tinham perfurado a pele. Já estávamos cavalgando há pelo menos uma hora desde a piscina de mercúrio. Eu esperava que não precisássemos ir ainda mais longe.

— Estamos quase lá — disse Wesley, respondendo ao pensamento que eu não tinha verbalizado. Ele se inclinou para a esquerda e abriu caminho entre um grande monte de arbustos, revelando uma passagem estreita entre as paredes formadas pelas videiras. Calígula passou com cuidado, a respiração formando pequenas nuvens de fumaça no ar gelado.

Em uma clareira mais à frente havia uma casa de pedra com telhado de palha. O musgo cobria as paredes externas, a pintura estava descascada em vários pontos da parede da frente, e as esquadrias de ferro das janelas estavam cobertas de teias de aranha e videiras.

— Alguém... mora aqui? — eu perguntei baixinho. Eu tinha ouvido dizer que os Andarilhos tinham uma casa isolada e escura onde mantinham os prisioneiros vivos, trancafiados, à espera de serem comidos, como uma geladeira humana.

— Não tem ninguém aqui. É seguro — Wesley me assegurou. Mas segurei a arma com firmeza, ignorando a dor na mão, enquanto ele amarrava Calígula em uma estaca e tirava um balde de água de um poço de pedra e dava para ela.

— Como você sabia da existência dessa casa? Como você pode ter certeza de que ninguém está escondido aí dentro?

— Ninguém mais sabe que essa casa existe — e, dizendo isso, tirou uma chave do bolso e destrancou a porta da frente. Entrei atrás dele, hesitante.

O ar da casa estava frio e parado, e cheirava a mofo e a terra molhada. Eu estava em pé em uma pequena sala de estar, onde uma namoradeira com uma estampa desbotada de rosas e duas cadeiras de palha estavam de frente para uma lareira de pedra. Wesley se abaixou para acender uma vela que estava na mesa de centro. Algumas poucas mariposas marrons circularam em volta da luz, voando perigosamente perto demais da chama.

— Vou acender a lareira — ele anunciou. — Está frio aqui.

Eu mantinha as mãos à frente do corpo, nervosa por estar na floresta à noite. Olhei para a janela e para a porta. O vidro das janelas podia ser facilmente quebrado, e a porta podia ser despedaçada com alguns poucos golpes de machado. Eu ainda segurava a arma com mão firme, quase como um consolo, da mesma maneira que uma criança seguraria a mão da mãe.

— Pode soltar a arma — Wesley fez um gesto apontando para minha mão. — Não vou machucar você.

Hesitei por um momento, mas depois coloquei o revólver sobre a mesa.

— Eu sei — E percebi que acreditava nisso. Estava segura ali com ele. — Eu estava preocupada que os Andarilhos aparecessem.

Wesley me olhou de maneira pensativa, como se estivesse considerando se eu estava falando a verdade ou não.

— Eles não vão aparecer. Prometo — então sentei na namoradeira gasta, olhando em volta, à procura de alguma pista sobre onde estávamos. Vigas de alegres cerejeiras atravessavam o teto baixo e um tapete oval quentinho cobria o chão.

Nas janelas estavam penduradas cortinas empoeiradas, de um tom de café amarelo pálido e com acabamento de renda. Dentro do círculo de luz da vela, vi a estampa de pequenos botões de rosa na toalha de mesa.

— De quem era essa casa? — perguntei.

— Da minha mãe — Wesley respondeu enquanto alimentava o fogo com galhos e gravetos. Esperei que ele continuasse, mas em vez disso ele olhou para minhas mãos. — Você devia lavar esses cortes. Vou esquentar um pouco de água. Vá olhar no armário da cozinha para ver se tem sal.

Quando voltei para a sala de estar segurando um pote de sal, Wesley tinha tirado outro balde de água do poço e estava esquentando a água em uma panela. Sombras lançadas pelas chamas vermelhas e amarelas dançavam pela sala. Apesar de estar claro que a casa não era usada há anos, ela parecia que tinha vida e era amada.

— Você leu os livros de Pedro, o Coelho, quando era criança? — eu perguntei. — É isso que este lugar me lembra: a toca dos Coelhos.

— Fico feliz — ele sorriu, e percebi que aquela era a primeira vez que eu o via sorrir.

— Você fica diferente quando sorri — eu disse suavemente.

Os olhos de Wesley cruzaram com os meus, se fixaram por um momento e depois olharam para baixo, para minhas mãos ensanguentadas. — Venha cá — ele fez um gesto para que eu me sentasse no tapete na frente da lareira.

— Vai arder, mas é o único jeito de limpar essas feridas — ele jogou sal na água quente e se ajoelhou atrás de mim, inclinando-se para segurar meus pulsos e colocá-los lentamente dentro da panela. Engasguei com o choque. Fechei os olhos e tentei aguentar a dor. Enquanto a água limpa ficava vermelha com sangue e pedaços de vidro e metal começavam a se soltar da minha pele, comecei a ficar intensamente consciente da presença de Wesley, ainda ajoelhado atrás de mim, a respiração dele me fazendo cócegas na orelha.

Então ele se levantou abruptamente.

— Fique aqui. Vou ver se consigo achar alguma coisa para a gente comer.

Depois de procurar um pouco, Wesley voltou com várias latas de sopa de vegetais.

— Estão vencidas, mas devem estar boas ainda — ele disse baixinho e afastou um pouco a panela para colocar a sopa sobre o fogo. Quando as sopas esquentaram, ele as despejou em duas tigelas de madeira. Enrolei as mãos em bandagens improvisadas que ele havia feito com tiras de lençol, me sentindo esperançosa ao ver as feridas tão limpas, e tomei um gole do caldo fervente direto da tigela. Já me sentia mais forte.

Wesley colocou outra panela de água com sal para esquentar. Quando estava quase fervendo, ele jogou lá dentro outra tira de lençol.

— Pronto — ele disse. — Agora a queimadura.

Ele se inclinou e limpou minha bochecha com o tecido morno, tocando-a suavemente.

— Não posso acreditar que Portia tenha feito isso — ele disse baixinho.

Fiz uma pausa e depois falei de forma imparcial: — Vocês já estiveram juntos, não é?

Wesley começou a rir, uma risada triste e amarga, então balançou a cabeça e me encarou com honestidade.

— Portia e eu nunca estivemos juntos — ele disse lentamente. — Ela é minha irmã, Eliza.

Fiquei boquiaberta com a revelação. Pensei rapidamente nos olhos verde-escuros, no cabelo louro-escuro, nas maçãs saltadas do rosto. Não pude acreditar que não tinha percebido isso antes.

— Mas você é tão... diferente.

Ele encostou o pano quente de novo no meu rosto.

— Éramos inseparáveis quando crianças. Mas, depois que nossa mãe morreu, Portia mudou.

Olhei em volta e uma onda de compreensão tomou conta de mim. Aquela casa era a última coisa que Wesley tinha da mãe dele.

— Sinto muito — eu consegui dizer.

— Portia achou que nossa mãe nos abandonou. Mas ela não fez isso. Ela nunca nos deixaria — a expressão dele ficou mais dura. — Meu pai a matou e fez parecer suicídio.

Eu piscava os olhos com rapidez, espantada com a honestidade dele. Não conseguia imaginar como tudo aquilo deveria ter sido horrível, realmente impensável: saber que seu pai matou sua mãe. Wesley virou de costas para mim, cerrando os punhos com tanta força que, quando abriu as mãos, as palmas estavam cheias de pontinhos de sangue.

— Mas por quê? — eu sussurrei, sem conseguir me refrear.

— Ela... descobriu coisas sobre ele — ele começou a cutucar o fogo, as brasas vermelhas pulando de forma violenta. — Eu venho aqui às vezes, para pensar e ficar sozinho. Portia nunca vem. Não sei nem se ela se lembra de que esta casa existe. Sinto muito — ele se interrompeu. — Não devia estar lhe contando isso.

— Fico feliz de que tenha contado — coloquei a mão sobre a dele. Eu reconhecia em Wesley a mesma tristeza que eu sentia. O tipo de tristeza que aparece quando você é criança e se assenta para sempre, nunca mais indo embora.

— Você contou isso para alguém? — eu perguntei baixinho.

— Não, nem mesmo para Portia. Se meu pai fosse preso, nós teríamos ficado totalmente sozinhos. Eu quis poupá-la da dor. Mas... — A voz dele foi se perdendo e ele ficou olhando o fogo.

— Sinto muito — eu disse de novo. — Deve ter sido uma escolha terrível.

— Você sabe o que é mais estranho? — a voz de Wesley soava amarga. — Ainda amo meu pai, mesmo sabendo o que ele fez. E, ao mesmo tempo, o odeio, por quem ele é e pelo que fez com Portia.

Eu não disse nada.

— Eu sofri muito com a perda da minha mãe, mas foi pior para Portia. Ela achou que nossa mãe não a amava o suficiente para viver por ela e cuidar dela. Então foi até o celeiro, onde havia uma família de coelhinhos de que minha mãe estava cuidando, e quebrou o pescoço de todos eles. Esse foi o começo da nova Portia — Wesley apertou as mãos. — Ela tinha 8 anos.

Fiquei sentada em silêncio, olhando para a lareira e pensando nos meus irmãos. Perguntei-me mais uma vez onde eles estariam enterrados. Será que já estavam no céu com nossos pais? Enquanto eu pensava em tudo que minha família tinha passado, toda a dor, luto e medo, a vontade de machucar o homem que tinha feito aquilo cresceu novamente em mim.

— Você sabe onde Cornelius Hollister está? Você sabe onde posso encontrá-lo?

Wesley me olhou duramente.

— Ele está na Torre de Londres. Por quê?

— Ele matou minha mãe e meu pai — eu disse suavemente —, e provavelmente meu irmão e minha irmã. Ele tirou de mim todos que eu amo.

Wesley baixou o olhar e fixou-o nas próprias mãos, um ar sombrio no rosto.

— Você entende quantos soldados o protegem? Quantas armas eles têm?

— Sim — balancei a cabeça. — Sei que vou morrer se tentar. Estou preparada para isso.

— Você não entende? — ele exclamou, uma frustração súbita na voz. — Ele quer destruir toda a sua família! Se você morrer, ele finalmente vai poder ser coroado rei.

— Não é isso que você quer? — eu me sentei ereta e afastei o pano que Wesley ainda pressionava contra minha bochecha. — Não me esqueci de que estamos em lados opostos só porque você me salvou a vida.

— Não estamos em lados opostos — ele protestou com a voz baixa.

— Enquanto você estiver no exército de Hollister, estaremos em lados opostos.

— Eu não tive escolha!

— Sempre há escolha! — eu balancei a cabeça. — Agora eu entendo como é sentir frio e fome. Mas, se não acredita na causa dele, você não tinha como arranjar um outro caminho para você e para Portia?

— Não é isso, você não... — ele se interrompeu. — Por favor, apenas me prometa que você não vai fugir para nenhuma missão suicida.

Meus olhos encontraram os dele, e desta vez não desviei o olhar. Em vez disso, fiquei estudando-o sob a luz fraca da lareira. Algo tinha mudado. A dura máscara de soldado tinha sumido, revelando um menino triste e solitário. Olhei para os cachos macios do cabelo de Wesley brilhando como ouro escuro, os olhos verdes e cintilantes, os ombros largos.

Eu devia parecer tão feia para ele, o cabelo raspado mostrando o couro cabeludo e a ferida vermelha no rosto. Cobri o rosto com as mãos.

— Pare! — eu disse. — Eu não...

— Eliza — ele interrompeu. Então pegou minhas mãos, tirando-as gentilmente do meu rosto, e ergueu meu queixo para me olhar na luz bruxuleante.

— Você é linda.

Ele se aproximou. Senti a respiração suave e quente de Wesley nos meus lábios. E então nossos lábios se encontraram. A mão dele se moveu, insegura, da minha bochecha para a nuca, os dedos repousando suavemente na cavidade do meu pescoço e encostando na linha do cabelo.

Ele hesitou por um momento, e eu sabia que estava me dando uma chance de me afastar. Respondi me inclinando para mais perto dele, abrindo a boca para beijá-lo de volta, consumida por uma fome estranha e desassossegada. Naquele momento, tudo sumiu. A marca na minha bochecha, o símbolo da Nova Guarda, o conhecimento de que Cornelius Hollister morava na Torre de Londres corroendo o fundo da minha mente. Tudo que importava era que estávamos ali, caindo sobre as almofadas, nos beijando enquanto o fogo esfriava lentamente.

Wesley me puxou para os braços dele, me envolvendo em um casulo de calor. — Está tarde — ele disse. — Você devia dormir um pouco. Fique com o quarto. Eu posso dormir aqui — ele disse isso fazendo um gesto na direção do sofá.

Concordei com a cabeça, mas não queria que ele me largasse.

— Vem comigo? — eu perguntei.

Ele ficou de pé e me levou para o quarto. Eu deitei embaixo das cobertas, ainda de uniforme, puxando-o para que se deitasse comigo. Ele colocou a lanterna na mesa de cabeceira, virando o pavio para baixo, então o quarto ficou escuro. Ele passou os braços protetoramente em volta da minha cintura enquanto se ajeitava. A pele de Wesley tinha um cheiro doce e fresco, como água. Fechei os olhos, fingindo por um momento que aquilo podia durar, que podíamos ficar sempre daquele jeito: juntos no calor daquela casinha no meio de uma floresta envenenada.

19

LEVANTEI ASSUSTADA E ME SENTEI NA CAMA, ARFANDO DE falta de ar. O pesadelo já tinha passado, mas alguns fragmentos perduravam, girando nos cantos da minha cabeça. Mary e Jamie presos em uma cela de aço enquanto homens com casacos brancos vinham torturá-los. Eu correndo loucamente por um labirinto, ouvindo os dois, mas sem conseguir encontrá-los.

Era madrugada alta e Wesley ainda dormia ao meu lado. A cabeça dele estava deitada no travesseiro que estávamos dividindo, o cabelo ondulado caindo-lhe na testa, brilhando como prata fina sob a luz da lua. Inclinei-me para beijá-lo na bochecha.

— Adeus — eu sussurrei.

Senti o ardor de súbitas lágrimas brotando enquanto me afastava da cama, torcendo desesperadoramente para que ele não acordasse, para que eu ficasse livre para me lembrar dele daquele jeito.

Algumas brasas ainda brilhavam na lareira. Tateei no escuro em busca da vela, que acendi em uma brasa quase apagada. Com a luz da vela, calcei apressadamente as botas e abotoei o casaco do uniforme. A arma estava na mesa de centro redonda, onde eu a tinha deixado. Enfiei-a no bolso.

Olhei para trás, pela porta do quarto, uma última vez. Eu estava colocando Wesley em perigo ao deixá-lo lá sem um cavalo. Mas ele tinha uma arma para protegê-lo, além de conhecer bem a floresta. Quando acordasse, o sol já teria nascido e ele estaria em suficiente segurança para caminhar de volta para o acampamento.

O ar da madrugada estava frio e úmido. Antes de sair, beijei a parede perto da porta. Era uma superstição que eu tinha herdado da minha avó: ela sempre dizia que, se você beija a porta antes de sair, isso lhe assegura um retorno seguro. E eu esperava, contra todas as probabilidades, que um dia eu pudesse voltar àquela casa com Wesley.

Olhei para a noite fria e escura, procurando pelo menos uma estrela para me guiar, mas não havia nenhuma. Calígula, ainda amarrada à estaca, estava dormindo em pé: uma sombra escura contra um céu ainda mais escuro. Olhei amedrontada para o corpo enorme daquele animal e arranquei um punhado de grama do chão.

— Calígula? Tome, garota — eu murmurei, oferecendo-lhe a grama e depois esticando a mão para fazer carinho no nariz dela. Ao sentir o toque da minha mão, ela empinou, me deu um coice e bufou, mostrando os dentes. Dei um pulo para o lado. Tentando se libertar, ela puxava bruscamente as rédeas presas na estaca, e a corrente em volta do pescoço dela começou a chacoalhar.

Respirei fundo. Eu andava a cavalo desde que aprendera a andar, mas nunca tinha visto um animal assim, criado para a destruição.

— Shhhh — eu sussurrei enquanto esticava a mão para segurar as rédeas, puxando-as firmemente para olhá-la nos olhos.

Calígula parou e, por um momento, achei que tinha me conectado com ela. Mas depois ela puxou as rédeas tão rapidamente que elas escaparam das minhas mãos, e o couro, ao roçar nas bandagens, reabriu as feridas.

Encarei os olhos escuros do animal. Wesley tinha conseguido controlá-la usando pura força física, mas eu não tinha forças. Assim, fui falando com ela, usando um tom de voz baixo e calmo, enquanto esticava a mão e gentilmente soltava o cabresto de trás das orelhas dela. Ela cuspiu o freio e me olhou com uma expressão quase curiosa.

— Agora somos só eu e você, Calígula — eu murmurei. — Você pode me ajudar a chegar a Londres?

Ela continuou completamente parada, piscando para mim enquanto eu montava nas costas dela, usando a estaca como calço.

Sem as rédeas, enlacei as mãos na crina da égua. Esperava que meu peso fosse suficiente para guiá-la. No momento em que ela me sentiu sobre as costas, começou a correr, me jogando para trás na sela.

Não estávamos galopando há muito tempo quando o que restava do sol subiu no leste, criando silhuetas dos galhos nus das árvores em uma área de cinza mais claro no meio da espessa escuridão. Era tudo de que eu precisava por ora. Endireitando-me na sela, cutuquei levemente o cavalo de guerra com a perna esquerda, fazendo Calígula se mover para a direita, na direção da faixa cinza no horizonte.

Algum tempo depois, trotamos até a beira de uma estrada. Fiz Calígula parar, apertando os olhos para ler os sinais de grafite ao longe, já meio apagados. Esta era a via expressa para Londres, mas cavalgar em uma rua tão aberta não era seguro. O exército de Hollister patrulhava a rodovia, capturando viajantes solitários ou fugitivos das cidades saqueadas.

Tentei não olhar para os carros espalhados ao longo da rodovia, para os esqueletos apodrecidos sentados nos assentos de motorista, os pequenos corpos das crianças encolhidos nos bancos de trás. Aquelas pessoas estavam dirigindo quando os Dezessete Dias começaram. Elas não tiveram nenhuma chance.

De repente, ouvi o som do ronco de um motor não muito longe. Apeei rápido de Calígula e a puxei de volta para o meio das árvores, espiando para ver o que e quem estava se aproximando. Ao longe, lá embaixo na estrada comprida, apareceu uma nuvem de cavaleiros. Calígula relinchou baixinho, sentindo meu medo, e eu fiz carinho no pelo dela, pedindo-lhe que ficasse em silêncio. Eram centenas de homens. O exército era um borrão cinza em cima de cavalos de guerra, cavalos que traziam provisões e acompanhavam caminhões de óleo diesel. Guardas armados estavam sentados no topo dos caminhões, com sevilhanas e armas apontadas em todas as direções. Quando os caminhões passaram, ouvi os terríveis gritos dos prisioneiros lá dentro, se debatendo contra as laterais de metal dos veículos, tentando escapar ao destino que os aguardava nos Campos da Morte.

Quando eles passaram e a estrada ficou vazia de novo, encostei a cabeça por um momento no pescoço de Calígula, respirando o cheiro quentinho de cavalo que ela tinha. Fragmentos da noite que eu havia passado com Wesley passavam pela minha cabeça: o toque dos lábios dele, o calor dos seus braços em volta de mim, o som baixo da voz dele. Por alguma razão, apesar de tais lembranças já parecerem distantes, elas me davam a força de que eu precisava naquele momento. Elas me davam esperança de que o amor ainda existia naquele mundo sombrio, e que continuaria existindo mesmo depois que eu me fosse.

Toquei na arma que tinha no bolso, checando para ter certeza de que ela ainda estava lá. Como a floresta era mais segura, o melhor a fazer era seguir na direção da estrada, mas cavalgando pela margem da floresta, perto das árvores mais nuas. Deixei a égua pastar mais um pouco, depois montei nela.

— Para Londres! — eu disse. As orelhas dela se inclinaram para trás por um segundo, quase como se tivesse entendido, em seguida ela disparou.

Nuvens de fuligem e cinzas se espalhavam como um véu sobre a cidade. Um grande bando de pombos revoava. Cavalguei pelo distrito NW30. O som dos cascos de Calígula ecoava pelas ruas desertas. Pelo silêncio e pelas janelas escuras dava para saber que o distrito já tinha sido invadido pelo exército de Hollister: as pessoas deveriam ter sido capturadas e as casas delas, saqueadas. Continuei seguindo pela sombra enquanto passávamos por fileiras sem fim de casas incendiadas.

Pregado em uma porta de loja coberta de tábuas estava o pôster de uma jovem de cabelos castanhos. Ela usava um vestido de marinheiro, as mãos educadamente cruzadas sobre o colo, e o cabelo sedoso caindo abaixo do ombro. Ela tinha pele pálida e bochechas rosadas.

PROCURADA VIVA
ELIZA WINDSOR
PEÇA SUA RECOMPENSA

Aproximei-me do pôster, observando os olhos acesos e esperançosos da menina. Aquela foto tinha sido tirada há alguns anos, em uma sessão privada para meu pai; nós não distribuíamos fotos da realeza desde a morte da minha mãe. Meu pai achava que impedir o público de ter acesso ao nosso rosto nos manteria seguros; além do mais, não havia dinheiro para imprimir fotografias em larga escala. Analisei o pôster. A pessoa feliz e protegida nele retratada não parecia nem um pouco comigo. Eles estavam procurando uma menina que não existia mais.

— Socorro! Alguém me ajude, por favor! — os gritos agudos de uma mulher vinham de um parque ali perto. Hesitei, querendo intervir, mas desesperada para chegar à Torre. — Por favor, não! — ela gritava, e depois, com uma voz ainda mais estridente: — Socorro!

Cutuquei Calígula, incitando-a para que fosse em frente. Saquei minha arma quando nos aproximamos do parque. Eu tinha ao menos de tentar.

Enquanto chegava mais perto, os gritos pararam. Um silêncio frio e vazio preencheu o ar. Puxei Calígula de volta, relutante em entrar no parque. Pensar no que poderia ter acontecido com aquela mulher me deixava enjoada. Eu poderia tê-la ajudado, mas havia chegado tarde demais.

Mesmo durante os Dezessete Dias, Londres tinha equipes de emergência para ajudar quem precisava. Agora tudo — polícia, bombeiros, hospitais — tinha acabado.

Cavalguei pela noite. Finalmente, as torres sombrias da Torre de Londres apareceram no horizonte. Erguida sobre elas, como uma faca rasgando o céu, estava a Torre de Aço: a prisão sem janelas que antes era protegida por uma corrente elétrica forte o suficiente para matar quem nela encostasse. Mas essa corrente, assim como todos os outros sistemas que proporcionavam ordem, tinha sido extintos. Enquanto me aproximava, vi uma fila de soldados de Hollister guardando a torre, todos de pé em volta do fosso e empunhando sevilhanas. Em algum lugar daquele prédio estava Cornelius Hollister.

Alcançamos o fosso que cercava a Torre e abriguei Calígula sob a escuridão de uma passagem. Eu não tinha como amarrá-la, mas livrei-a da sela e esfreguei-lhe rapidamente as costas com um pedaço de pano. Franzi o nariz quando senti o cheiro ruim que vinha da água estagnada do fosso. Ofereci à égua algumas plantas e coloquei o restante em uma pilha.

— Por favor, Calígula, fique aqui — eu disse. — Preciso de você — olhei nos olhos dela, pedindo-lhe que não fosse embora. Eles eram grandes e marrons, e agora não estavam mais vermelhos de ódio.

Respirei fundo e puxei para baixo o chapéu usado pelo exército de Hollister, a fim de fazer sombra nos meus olhos. Ajeitei meu uniforme, abotoei o casaco e dei nós duplos nos cadarços das botas. Olhei para baixo e vi meu reflexo na água do rio. A queimadura vermelha no meu rosto brilhava e latejava sob a luz fraca. Passei os dedos na parede, sujando as pontas de fuligem e esfregando-a em volta da cicatriz, o que me fez estremecer de dor. Agora ela estava suja e escura, como um machucado.

Agora eu parecia um deles.

20

NUVENS ESCURAS DE FULIGEM ATRAVESSAVAM O CÉU DA cidade. O dia virava noite. Um som de manivela vinha da parte de trás da torre. A ponte levadiça estava sendo baixada e os guardas estavam trocando de posições — bem no horário. Agachei-me, pronta para correr, alongando, com um sorriso amargo, os músculos doloridos.

Eu tinha passado o dia examinando minuciosamente a Torre, e agora conhecia cada centímetro do terreno, do fosso e do muro em volta da construção. Tinha decorado os horários da ponte levadiça. Se eu me apressasse, alcançaria os soldados que estavam prestes a entrar na Torre e me juntaria a eles, entrando despercebida, em seguida, na cozinha. De lá eu seguiria o jantar de Hollister até o quarto dele, cuja localização poderia ser secreta mesmo para os súditos, mas os roncos do meu estômago me lembravam que todo mundo precisa comer.

Disparei na direção do muro que circundava a Torre, me mantendo abaixada e confiando na escuridão para me esconder. Parei por um momento à sombra do muro para recuperar o fôlego e limpar o suor da testa. Duas filas de guardas marchavam firmemente em direção à ponte levadiça. Quando o último soldado passou, entrei na fila atrás dele, mantendo a cabeça baixa e seguindo o ritmo dos pés dele.

Estremeci quando atravessamos a ponte levadiça que levava à Torre. Desde que a visitara quando era pequena, sempre tivera muito medo dela. A guilhotina, as marcas na pedra onde a lâmina tinha batido diversas vezes, as manchas de sangue que ainda existiam depois de centenas de anos de chuva. Eu pensava nas câmaras de tortura, onde prisioneiros inocentes sofreram — e ainda sofriam. E me perguntava se eles gritavam, sem serem ouvidos nem respondidos, como a mulher no parque. Eu sabia que os gritos dela iriam assombrar meus sonhos e me dar pesadelos.

Já lá dentro, encontrar a cozinha foi fácil: só precisei seguir o cheiro de comida e a fila de soldados famintos. Mantendo os olhos sempre baixos, entrei no fim da fila, me misturando com os outros ao passar por uma entrada de pedra. Apertei a arma escondida dentro do casaco. Nos corredores escuros da Torre de Aço, um sino bateu e uma voz soou lá de cima: — Hora de alimentar os prisioneiros.

A fila de soldados se encaminhou para uma cozinha úmida, localizada em um calabouço. Panelas de ferro borbulhavam sobre o fogo. Lá dentro, vários cozinheiros cortavam a cabeça e o rabo de ratos e ratazanas, de cobras de esgoto e de sapos. Em seguida, tiravam a pele dos animais e jogavam as carcaças nas panelas. Uma gaiola no chão, perto do fogo, estava cheia de ratos que corriam de um lado para o outro, em um esforço frenético para escapar do mesmo destino.

Olhei para o outro lado da cozinha, onde um banquete estava sendo preparado. Lá, grandes pratos de frutas e queijos, pães saídos do forno e uma torre de trufas de chocolate estavam dispostos em brilhantes bandejas de prata. Garrafas de champanhe gelavam em baldes de gelo. Eu não tinha ideia que comidas assim ainda existiam. Quase fiquei tonta. Tudo que eu havia comido até aquele momento tinha sido um punhado de ervas e metade de um biscoito vencido que encontrara no bolso do casaco. Tudo aquilo era para Hollister? Então me lembrei do que ele me dissera antes de matar meu pai: *Porque a Inglaterra está passando fome e vocês estão dando um baile.* Vendo aquele banquete, eu o odiei mais do que nunca.

— Pare de olhar. Isso só vai fazer sua boca encher de água — a garota perto de mim falou.

Balancei a cabeça, concordando, e olhei diretamente para a frente, onde uma senhora de cabelos brancos e de sobrancelhas também brancas e grossas mexia as panelas com uma colher enorme.

— Encham as tigelas! Horário de alimentação das celas 1 a 9! — ela gritou. Quase engasguei ao vê-la abrir o topo da gaiola de ratos e colocar o braço fino como um graveto lá dentro. Rapidamente, como se estivesse arrancando uma maçã de uma árvore, ela puxou pelo rabo um rato que se contorcia e o jogou na panela borbulhante com pelo e tudo.

Mantendo o mesmo ritmo dos soldados à minha frente, eu copiava cada movimento deles: peguei a bandeja, enchi um copo com água cinzenta e uma tigela com uma colher de ensopado de inseto e rato. Mantive o rosto neutro, duro, desviando os olhos do pé e da cabeça de rato dentro da tigela que estava na minha bandeja. Os soldados fizeram fila para subir a escada. Segurei a bandeja nas mãos, caminhando trêmula atrás da menina à minha frente.

Ela fez uma pausa, olhando para a direita e para a esquerda, procurando uma chance de fofocar. Então colocou os lábios perto da minha orelha. O hálito dela era azedo.

— Se quiser um pouco das coisas boas, fale comigo depois — ela disse, se fazendo de importante. — Eu posso ajudá-la a conseguir... por um preço — ela sorriu, mostrando os dentes amarelados.

Meus olhos se focaram na bandeja que ela carregava: em vez de uma tigela de ensopado como o resto de nós, a bandeja dela continha uma linda xícara de chá cor-de-rosa com uma mistura de ervas: botões de rosa, lavanda, anis, e uma flor amarela que não consegui identificar.

— Esse chá tem um cheiro gostoso — eu disse baixinho, enquanto me perguntava por que a bandeja daquela menina era diferente. Será que ela tinha a missão de servir Hollister?

— Pode ter um cheiro gostoso, mas é mortal. É chá para Sua Alteza Real — ela disse sarcasticamente, depois cuspiu nas pedras para dar ênfase: — A *rainha*.

Quase larguei minha bandeja com o susto. Mary estava viva.

— Dizem que esse chá a deixa mais fraca — a garota continuou falando com um sorriso. — Ela tem lutado demais, ouvi dizer, mas isso dá uma boa acalmada nela.

— E se ela não beber? — perguntei de forma apática, tentando esconder o horror da minha voz.

— Ah, ela bebe sim. Se ela não beber, chicoteiam o principezinho — a menina gargalhou.

Tentei rir com ela, mas tudo que consegui foi uma tosse seca. Minha cabeça zunia enquanto eu tentava me recobrar. Jamie e Mary estavam vivos e presos na Torre! Eu ia ter de voltar para acabar com Hollister depois. Tentei me recompor enquanto pensava nos meus irmãos, aprisionados, precisando de mim. Eu não podia esperar nem mais um segundo para vê-los.

Derrubei o ensopado da minha bandeja, deixando-o escorrer por toda a escada.

— Ooops! — eu exclamei. — Sou tão desastrada!

A garota revirou os olhos.

— É melhor você limpar essa bagunça antes que a senhora Caldwell veja — ela disse, me dando as costas e continuando a subir a escada.

Esperei alguns instantes antes de colocar a bandeja no chão e seguir a garota por uma escada em caracol de metal. As paredes eram de aço, e meu reflexo nelas, uma sombra borrada e escura. Havia celas em todos os andares, gradeadas com barras dispostas a cada dois centímetros, lotadas de prisioneiros doentes e moribundos. A maior parte deles se lamuriava ou implorava por água. Os que ficavam quietos me entristeciam mais ainda.

Enquanto caminhava pé ante pé atrás da garota carregando a xícara cor-de-rosa, eu sentia o ódio por Cornelius Hollister ganhando forças dentro de mim, como um nó de arame farpado me cortando por dentro. A escada em caracol continuava para cima, elevando-se na torre estreita até que finalmente chegou ao fim. Só havia uma cela no topo.

Parei no andar de baixo e esperei até ver a garota descer de novo a escada, a bandeja vazia dessa vez. Mantive-me na sombra até os passos dela ecoarem vários níveis abaixo de mim. Depois me virei e subi, o coração batendo cada vez mais rápido, e parei diante da cela.

Pelo estreito buraco entre as barras de metal, espiei lá dentro. Jamie estava deitado em um pequeno leito; Mary estava sentada ao lado dele, de costas para mim. Foi só quando ouvi a voz dela gentilmente encorajando Jamie a comer que soube que estava na cela certa. Minha irmã estava irreconhecível: magra e ossuda como uma velha senhora. Os bolsos marcavam o vestido vermelho, desbotado e puído. Percebi de repente que era o mesmo que ela estava usando no Baile das Rosas.

Mary apoiava a cabeça de Jamie no braço, tentando alimentá-lo com a colher. Fiquei lá parada, me esforçando para segurar as lágrimas e dizer alguma coisa, mas não conseguia emitir nenhum som. Olhei em volta, para o resto da cela. Havia uma pequena mesa de madeira com um baralho, um bule de chá e uma xícara. Perto do bule estava um guardanapo amassado manchado de vermelho.

Pressionei o nariz no pequeno espaço entre as barras, observando Mary afastar o rosto de Jamie e cobrir a boca com a mão — uma tosse profunda sacudiu-lhe todo o corpo. Então ela se levantou devagar, apoiando-se na parede, a outra mão ainda sobre a boca. Ela estava se movimentando como nossa avó antes de morrer.

Mary pegou o guardanapo manchado de vermelho da mesa e limpou o sangue da boca com ele. Pude ver que ela estava tentando escondê-lo de Jamie.

— Mary, Jamie — eu engasguei, falando esbaforida.

Mary virou o rosto para olhar para mim, uma expressão hostil no rosto, então percebi que ela não tinha me reconhecido. De repente, me senti muito constrangida e envergonhada, por conta do rosto marcado e do cabelo cortado como que por um açougueiro.

— Mary — eu sussurrei. — Sou eu, Eliza.

Os olhos dela se acenderam, e todo seu rosto se iluminou com incredulidade.

— Pensávamos que você estava morta — ela disse com a voz áspera, e lágrimas começaram a escorrer-lhe pelo rosto. Tentei encostar nela enfiando meus dedos no espaço entre as barras, mas tudo que consegui foi inserir meu dedo mindinho. Mary o apertou com força e o beijou.

Jamie se aproximou da grade e, com a ponta do meu dedo, consegui tocá-lo no rosto. O corpinho dele não era mais do que um esqueleto. Tentei esconder o choque estampado no meu rosto, mas eu podia ver que ele não estava bem.

— Eles têm dado o remédio para ele? — eu perguntei para minha irmã.

Mary balançou a cabeça negativamente.

Fiquei surpresa de que Jamie tivesse durado tanto tempo sem ele.

Ele me encarou em silêncio, os olhos azuis vazios dentro das órbitas.

Tirei a arma do casaco.

— Mary — eu disse rapidamente —, pegue essa arma. A próxima vez que a guarda trouxer a comida de vocês, mate-a. Pegue as roupas e as armas dela e fujam.

— Eliza — Mary balançou a cabeça. — A arma não vai passar pela grade.

Percebi horrorizada que ela estava certa. A única abertura, a portinha para a comida, estava trancada, e não havia outro jeito de passar a arma pelas frestas estreitas entre as grades.

Mary me observou com uma expressão preocupada enquanto eu tentava freneticamente enfiar a arma pelo buraco. Minha esperança era que, se eu conseguisse virá-la na posição certa, caberia.

— Não tem jeito — ela balançou a cabeça. — Já tentamos de tudo.

— Alguém está vindo — disse Jamie, os olhos arregalados de preocupação.

Lá de baixo vinha o som de passos contra o aço.

— Eliza, corra! Se esconda! — Mary sussurrou, em pânico.

— Não! Não vou deixá-los de novo — e, dizendo isso, me virei e fiquei a postos, segurando a arma na minha frente. Se eu ia morrer, eu o faria lutando pela vida dos meus irmãos.

— Eliza! — Mary cochichou. — Vá embora! Você não vai resolver nada assim. Você até pode matar esses guardas, mas nós vamos continuar presos aqui.

Eu a ignorei.

Então Mary, juntando toda a força que ainda tinha, se levantou, mantendo a postura ereta. Ela sempre fora autoritária, mas, se quisesse, conseguia ser particularmente assustadora.

— Como sua rainha, eu lhe ordeno!

Olhei para ela, incrédula.

— Mary... — eu comecei a falar.

— Não há tempo, Eliza — ela retrucou. — Eu ordeno — ela disse de novo. — Não posso assistir à sua morte.

Eu aquiesci, o coração tão cheio de amor e tristeza que parecia que ia explodir. Enfiei a arma no bolso e, em seguida, um guarda chegou ao topo da escada.

Girei nos calcanhares e disparei pelo corredor.

— Peguem ela! — ele gritou enquanto corria atrás de mim. — Por aqui! Ela está fugindo por aqui!

Com a esperança de despistá-los, me vi perdida em um labirinto de celas e passagens recobertas de aço, mas os passos pesados me seguiam a cada curva que eu fazia. Cada passagem claustrofóbica parecia igual às anteriores: as paredes refletiam minha imagem como um borrão enquanto eu corria, seguindo sempre em frente. Prisioneiros raquíticos me olhavam com olhos dementes pela tortura e pelo isolamento dentro das jaulas. As vozes dos guardas se multiplicavam atrás de mim, vindo de todas as direções, ressoando nos corredores de metal.

Então, o corredor chegou a um beco sem saída.

Parei e olhei em volta freneticamente. Estava presa. Tateei as paredes procurando um jeito de fugir, até que senti um vento frio. Olhei para cima e vi no teto uma estreita porta de alçapão. Era alto, mas eu não tinha outra escolha. Agachei-me para tomar impulso e saltei na direção daquele alçapão.

Consegui me segurar na beira da abertura com uma das mãos, mas minha arma acabou caindo no chão. Amaldiçoei-me por não a ter colocado de volta dentro do bolso com zíper da jaqueta. Fiquei olhando para baixo, me perguntando se devia voltar para pegá-la, quando ouvi passos no fim do corredor.

Com a ajuda da outra mão, tomei impulso para chegar ao telhado. Meus braços tremiam por conta da força que eu tinha feito. A porta era estreita e eu mal passava pela abertura. Uma das pontas de aço enganchou nas minhas costas e cortou meu casaco como uma faca. A dor era intensa, mas continuei em frente. Se eu mal passava pela abertura, ela também seria pequena demais para um guarda passar. Eu tinha pelo menos um minuto de vantagem até eles chegarem ao telhado pela escada.

— Eliza?

Dei meia-volta.

Wesley correu até mim, me abraçando por um segundo antes de me afastar de novo para me olhar nos olhos. Como ele tinha chegado até lá?

— Eu sabia que você ia fazer isso. Eu pedi para você me prometer — ele parecia tão triste que senti uma dor no coração por ter traído a confiança dele. — Não temos muito tempo. Você precisa se esconder. Agora!

Olhei em volta. Não havia nada no telhado. Não tinha lugar nenhum para eu me esconder.

— Wesley, eles estão vivos — eu disse com a voz embargada. — Por favor, me ajude a resgatar Mary e Jamie — eu tinha chegado tão perto que não podia desistir agora. Mas Wesley não estava me ouvindo. Ele estava preocupado em abrir a porta do andar inferior que dava para o telhado.

— Não consegui encontrá-la aqui! Tem certeza de que ela não está no nível 59? — eu ouvi um dos guardas falando.

Abaixei-me, desejando descobrir uma fenda ou um canto escuro qualquer em que pudesse me esconder; desejando também ainda estar com minha arma. Dúzias de guardas irromperam no telhado, mas meus olhos focaram apenas em um deles.

— Ora, acredito que ela esteja bem aqui — falou de maneira arrastada uma voz que eu conhecia muito bem. Cornelius Hollister me cumprimentou com um sorriso maligno, caminhando na minha direção com a lentidão de um predador. — Eliza Windsor — ele disse.

Instintivamente, dei um passo para trás, cegada por uma lanterna apontada diretamente para meus olhos.

— Não se mexa! — Portia gritou. — Ou eu atiro bem entre seus olhos. E, acredite, vou gostar de fazer isso.

Apertei os olhos para conseguir enxergar além da luz. Cornelius Hollister estava na minha frente, com Portia ao lado dele apontando uma arma para mim. Ousei dar outro passo para trás, para longe deles e da arma. A parte de trás dos meus joelhos bateu com força em alguma coisa. Um corrimão.

— Devo matá-la? — Portia perguntou, olhando para Hollister.

— Não, Portia! — Wesley caminhou rápido até ela, pegando na arma que a irmã empunhava. — Ela vale mais viva — ele continuou, em tom áspero. — Ela conhece segredos, informações vitais de que precisamos.

Procurei no rosto de Wesley algum tipo de emoção, mas ele estava escondido na sombra.

— Seu irmão está certo — Hollister concordou. — Obrigado por trazê-la até mim. Eu nunca a teria reconhecido sozinho: disfarçada e feia desse jeito — Portia riu alto com o comentário. Hollister colocou um braço em volta de Wesley, afagando-lhe o cabelo de maneira afetuosa. Segurei no corrimão atrás de mim ao finalmente entender.

Cornelius Hollister era pai de Wesley e Portia.

Foi isso que Wesley tentou me contar na casa de campo quando disse que não tivera escolha a não ser se alistar na Nova Guarda. Cornelius Hollister era o homem que tinha matado a mãe deles porque ela havia descoberto a verdade sobre ele. Olhando para os três agora, juntos, me senti enjoada.

Eu tinha beijado Wesley. Confiado nele. Talvez eu até tivesse sentido, bem lá no fundo, que o amava. O filho do homem que tinha matado meus pais na minha frente e aprisionado meus irmãos. O inimigo.

Senti o corrimão atrás de mim. Eu estava na beira do telhado.

O sorriso de Hollister brilhou na luz quando ele caminhou na minha direção. Com o canto dos olhos, vi a água escura cintilando lá embaixo. Segurei no corrimão com a mão direita, inclinando-me para trás.

Ele estava bem na minha frente.

— Finalmente, peguei a última.

Hollister esticou a mão e senti a ponta dos dedos dele encostar em mim. Fechei os olhos e me inclinei ainda mais para trás, me atirando da beira do telhado.

21

CONCRETO OU FACA? ESSAS ERAM AS PALAVRAS QUE piscavam na minha cabeça enquanto eu me aproximava rapidamente da água. Quando eu e Mary ficamos mais velhas e mais ousadas em nossos mergulhos, nos graduamos do galho da árvore perto do lago para despenhadeiros mais altos. A intensidade da dor depende da maneira como se mergulha: entrando como uma faca na água, sem problemas. Mas quando se mergulha do jeito errado, a água pode ser tão dura quanto concreto.

Eu fui caindo, girando no ar, por todo o comprimento da Torre. A água estava a cerca de três metros de distância quando me ajeitei, estendendo os braços à frente do corpo, esticando-o, e encostando bem o queixo no pescoço. Mas a velocidade da queda me fez girar mais uma vez, e meus pés acabaram atingindo a água primeiro, o que me levou direto para o fundo lamacento do fosso.

A água era completamente escura. Eu não conseguia ver a superfície. Entrei em pânico e meus pulmões começaram a queimar por causa da falta de ar. Alguma coisa parecida com uma mão molhada encostou na minha bochecha e eu gritei — ou tentei gritar, porque minha boca se encheu de água. Cobras de esgoto! Comecei a chutar freneticamente, batendo os braços na água para chegar à superfície.

Eu estava ofegante ao chegar à superfície, sorvendo o ar como uma pessoa faminta devora um prato de comida. Nadei até a beirada do fosso, apertando as mãos contra as pedras do muro, procurando alguma coisa, qualquer coisa, em que me segurar, mas o muro era todo coberto com um musgo verde-claro que fazia meus dedos escorregarem.

Atravessei a água, chutando e batendo freneticamente nas cobras de esgoto. Uma delas se aproximou rápido e me mordeu no pescoço. Cobras de esgoto eram como sanguessugas: para se alimentar, agarravam-se à pele da vítima e lhe sugavam o sangue. Meu grito ecoou pelo fosso enquanto eu atirava a cobra para longe de mim.

A ponte levadiça baixou sobre o fosso e soldados correram para atravessá-la, as armas apontadas para mim. Olhei em volta em pânico, ainda lutando contra as cobras de esgoto. O único lugar em que eu podia me esconder era embaixo da ponte, mas seria só uma questão de tempo até eles perceberem.

Eu precisava lhes dar o que eles queriam. Assim, balancei os braços, batendo-os acima da cabeça, e afundei. Depois, apareci na superfície de novo, sem fôlego, e afundei novamente. Então fechei os olhos com força, segurei a respiração, mergulhei no fundo escuro do fosso e esperei. Meus pulmões pareciam que iam explodir enquanto eu me deixava levar para o fundo, sem me mexer para que a superfície da água ficasse parada.

Finalmente, comecei a nadar com cuidado na direção do corrimão enferrujado da ponte levadiça. Ao chegar embaixo da ponte, pude subir à superfície para respirar.

Segurei no corrimão, tremendo de maneira incontrolável. Por sorte, o grupo era tão barulhento que não podia me ouvir arfando, tentando recuperar o fôlego. Eu estava fora da vista deles e segura, mas por pouco tempo. Um feixe de luz riscou a água. Vinha das tochas dos guardas.

— Onde ela está? — uma voz gritou. — Ela se afogou? Levantem a ponte!

Ouvi barulho de metal quando a roda começou a girar. Mal tive tempo de pensar. Minhas roupas pareciam feitas de chumbo e eu tinha certeza de que estava perdendo sangue pelos cortes nas costas, onde o alçapão que me levou ao telhado da Torre havia me arranhado. Eu me sentia mais exausta do que jamais me sentira antes. Meu coração estava partido ao me lembrar de Wesley, em pé, ao lado do pai maligno, e de Mary e Jamie, que agora provavelmente seriam mortos por minha causa. Uma parte de mim só queria afundar naquele fosso. Imaginei a sensação de paz, mesmo na água nojenta, de flutuar sem peso.

Foi então que, em um flash de luz, vi um buraco no muro, embaixo da borda escura da ponte. Estiquei a mão na direção dele, mas escorreguei. A ponte começou a ser levantada — eles iriam me ver a qualquer instante. Juntando o resto das forças que ainda tinha, me estiquei e entrei no buraco — um túnel, na verdade — no exato momento em que a ponte foi erguida por completo.

— Encontrem-na! Eu a quero viva! — a voz distintamente sinistra de Hollister comandava os guardas. — Entrem nos barcos agora mesmo!

A luz das lanternas atravessava a água enquanto os guardas pulavam nos barcos a remo. *Onde vai dar esse túnel? Será que consigo chegar do outro lado sem ser descoberta?*, eu pensava.

— Ela não está aqui, senhor — um dos guardas berrou. — Ela deve ter se afogado.

— Toquem fogo no fosso! — Hollister gritou. — Isso vai fazê-la aparecer!

Os guardas, então, de maneira obediente, começaram a derramar gasolina na água. O cheiro nocivo do combustível, que flutuava em poças oleosas, me alcançou no túnel. Alguém, provavelmente Hollister, jogou lá de cima, dentro da água, uma tocha acesa. A gasolina pegou fogo em uma explosão de chamas como uma flor, e línguas vermelhas percorreram a superfície do fosso em todas as direções.

O túnel era tão estreito que me vi forçada a deitar de bruços para poder deslizar por ele. O ar lá dentro estava espesso por causa da fumaça. Puxei a camisa para cima, cobrindo o nariz e a boca para conseguir respirar. Eu me arrastava o mais rápido que podia, para longe da fumaça e das chamas, para a profundeza do túnel escuro.

Finalmente, a escuridão do túnel começou a diminuir, então me arrastei os últimos metros até chegar ao fim dele. Fui parar na rua, arranhando as mãos ao tocar no asfalto. O ar cheirava a fumaça e eu ainda podia ouvir as vozes dos soldados comemorando. Encostei a cabeça no asfalto e fiquei deitada lá, exausta demais para me mexer. As roupas geladas e molhadas grudavam no meu corpo. Uma sensação de ardência se espalhava pelas feridas nas minhas costas, mas nada era mais doloroso do que o fato de eu estar lá sem meus irmãos.

Da minha esquerda veio o barulho de uma corrente e o que parecia ser um rosnado baixo. Dei um pulo, olhando em volta na escuridão. Dois olhos grandes e brilhantes me olharam de volta.

— Calígula? — eu perguntei, sem conseguir acreditar que ela tinha me encontrado. A égua me cutucou com o nariz, os cascos batendo no asfalto, me pedindo para levantar.

Lentamente, com a cabeça latejando, fiquei de pé. Estremeci ao subir nas costas sem sela dela. Mas, para minha surpresa, ela ficou parada.

— Por favor, Calígula, me leve para casa — eu disse com uma voz entrecortada. — Leve-me para a Escócia.

O som dos cascos da égua batendo no asfalto ao começar a trotar me confortou. Quando achei que estávamos a uma distância segura, olhei para trás, por sobre o ombro. Atrás de mim se erguia a Torre, ainda cercada de chamas vermelhas. Os gritos dos soldados pareciam ficar ainda mais altos sob o fogo que subia do fosso.

Toquei as pontas dos meus dedos destruídos com os lábios e soprei um beijo para Mary e Jamie.

— Vou voltar para buscar vocês — eu prometi, à beira das lágrimas.

22

AS ROUPAS MOLHADAS CONGELAVAM NO MEU CORPO E EU tremia de frio. Minhas costas latejavam de dor. A rua à frente entrava e saía de foco. Tentei visualizar um mapa para a Escócia que costumava ficar no escritório do meu pai. Estive lá várias vezes na vida, mas tudo de que conseguia me lembrar eram linhas sinuosas em uma moldura ornamentada e de cor marrom.

Olhei para o céu procurando a Estrela Polar. E lá estava ela, onde sempre estivera. Era reconfortante pensar que, mesmo com o mundo tendo mudado tanto, as estrelas ainda eram as mesmas. Se eu usasse o céu como guia, tinha esperanças de achar o caminho para a antiga via expressa — e de lá para a Escócia.

— Vai ser uma longa viagem — eu disse para Calígula, alisando-lhe o pescoço.

Enquanto seguíamos nosso caminho, o vento levantava pedaços de lixo que voavam na nossa direção: um guarda-chuva quebrado girando perigosamente; pedaços sujos de papel. As cinzas faziam meus olhos arder. Calígula disparou pelas estradas esburacadas, levando-nos para fora da cidade. Passamos por casas nos subúrbios de Londres, shoppings cinzentos e abandonados, e por estacionamentos que mais pareciam cemitérios, cheios de carros enferrujados que abrigavam os corpos de motoristas mortos há muito tempo.

Uma placa desbotada de estrada dizia ESCÓCIA: 610 QUILÔMETROS. Rios de lágrimas quentes pingavam dos meus olhos. As estrelas riscavam o céu e deixavam rastros borrados. Eu continuava repassando mentalmente, várias e várias vezes, os eventos da noite. Não podia acreditar que tinha encontrado Mary e Jamie só para fracassar com eles. Não podia acreditar que o homem que eu vinha fantasiando matar era o pai de Wesley. Minha cabeça girava pensando nisso. E eu piscava sem parar na noite fria enquanto o vento me chicoteava.

O frio se instalou nos meus ossos e comecei a tremer de maneira tão violenta que não conseguia ficar ereta. Cutuquei Calígula para que entrasse na floresta que margeava a estrada. Eu precisava descansar.

Minhas pernas estavam tão trêmulas que, ao desmontar, acabei caindo de joelhos no chão frio. Círculos luminosos dançavam diante dos meus olhos. Eu não sabia quão longe estávamos da via expressa, mas rezei em silêncio para que estivéssemos longe o suficiente. Encolhi-me sobre uma pilha de gravetos e raízes de árvores, tentando tirar o casaco gelado da Nova Guarda. Ele estava tão molhado que ia me fazer mais mal do que bem. Tentei esquentar os dedos congelados com minha respiração, juntando as mãos em concha diante da boca. Calígula dobrou as patas dianteiras e deitou-se ao meu lado. Aninhei-me ao lado da égua, grata pelo calor do corpo dela. Finalmente, felizmente, adormeci.

Abri os olhos de uma só vez. Algo estava se mexendo entre os galhos.

Escutei com cuidado, já completamente acordada. Eu não tinha certeza de quanto tempo havia dormido, mas o céu ainda estava escuro.

Fiquei deitada sem me mexer, esperando que o que quer que fosse se movesse de novo. Como eu tinha passado bastante tempo nos bosques da Escócia, era capaz de reconhecer o som de certas criaturas. Ratos e esquilos se moviam com rapidez, correndo de um esconderijo para o outro. Certa vez, sentada sob uma árvore com Bella, fiquei observando um urso marrom caminhar preguiçosamente pela floresta: os passos dele eram lentos e ressonantes. Mas os passos que ouvia agora não eram delicados como os de um esquilo nem pesados como os de um urso: eram inegavelmente humanos.

Enfiei-me embaixo de Calígula, o corpo gigante da égua levantando e abaixando a cada respiração. O som dos passos estava a apenas alguns metros de distância.

— Sinto cheiro de cavalo — um homem disse.

— Sinto cheiro de humano — um segundo homem disse, e a voz dele era mais áspera e profunda que a do primeiro.

Fiquei parada, praticamente imóvel. Se eu ficasse quieta o suficiente, talvez eles seguissem em frente.

Os passos se aproximaram. Senti o coração de Calígula começar a disparar, mas ela continuou parada, percebendo meu medo.

Escutei os homens se afastarem e arrisquei olhar para cima, por trás da égua, tentando determinar onde eles estavam. Sem fazer nenhum som, rolei para o lado.

Fazia silêncio na floresta. Soltei um suspiro de alívio.

— Essa caça é minha! — o homem de voz grave gritou de repente, bem perto de mim. Olhei para cima e o vi de pé sobre mim, segurando um machado. Gritei, gelada de medo, sem conseguir tirar os olhos da lâmina brilhante.

No exato momento em que ele começou a descer o machado, Calígula se empinou, soltando um enorme rugido, tão alto que podia ter vindo de um bando de leões.

— Que diabos é isso? — o homem cambaleou para trás, com medo, largando o machado no chão. Calígula se jogou sobre ele e, com uma cabeçada, arremessou-o com força contra uma árvore. O pescoço do homem girou em um ângulo nada natural e o corpo mole dele caiu no chão. Eu observava a tudo impressionada. Nunca tinha visto um cavalo de guerra atacando alguém.

Saindo da escuridão, o segundo homem me atacou.

Os olhos selvagens dele brilharam enquanto ele abria a boca, revelando, em vez de dentes, pregos de metal aparafusados nas gengivas. Pregos para mastigar carne humana. Então estiquei a mão para pegar o machado caído no chão e o acertei duas vezes, sem parar para pensar.

A lâmina atingiu-o de lado, e o corpo sujo do homem despencou pesadamente sobre mim. Uma poça de sangue morno escoava do peito dele, manchando-me o ombro. Tirei-o de cima de mim e fiquei parada por um momento, em estado de choque, olhando para o corpo daquele homem.

— Calígula — eu chamei, dando um passo hesitante à frente. Nem sinal dela. Então me encostei em um tronco de árvore, sem forças sequer para pensar para onde ir.

Depois ouvi os cascos da égua em meio às árvores, correndo na minha direção.

— Boa menina — eu murmurei quando ela se aproximou.

Segurei no pescoço de Calígula para montá-la, sabendo que não teria mais como dormir naquela noite. Em seguida, saímos em disparada.

23

ALCANÇAMOS UMA CIDADE PEQUENA E QUIETA BEM QUANDO o céu começou a mudar para um tom mais claro de cinza. Puxei gentilmente a crina de Calígula, sinalizando que diminuísse o passo, enquanto observava a fila de pequenas lojas: uma padaria, uma alfaiataria, uma loja de departamentos. Uma igreja branca de madeira com a torre do sino apontando para o céu como mãos em oração. A cidade era um oásis, aparentemente intocada pela destruição de Cornelius Hollister.

As ruas estavam silenciosas. As janelas das casas com tetos de palha, escuras. Com os habitantes do vilarejo ainda dormindo, me senti segura para levar a égua até um poço em uma montanha, de onde era possível ver o centro da cidade. Baixei o balde para enchê-lo de água fresca. Eu estava com sede, mas deixei-a beber primeiro. Calígula estava correndo há horas e o pelo dela estava úmido de suor.

Quando ela terminou, puxei um segundo balde de água para mim, e bebi sofregamente. Tinha um gosto tão puro. Em seguida, me larguei no chão, as pernas trêmulas pelo esforço de cavalgar por tanto tempo. As feridas nas minhas costas latejavam e havia marcas vermelhas nos meus braços. Virei-me de lado, puxando a camisa para cima para tentar ver a fonte daquela dor, então engasguei: eu tinha um corte profundo por todo o comprimento da minha coluna. Lembrando-me das instruções de Wesley para limpar qualquer ferida antes que infectasse, mergulhei o balde mais uma vez no poço e deixei a água fria lavar minhas feridas. Eu iria precisar de mais cuidados, mas eu sabia que a mãe de Polly teria algum unguento em casa se eu ao menos conseguisse chegar até Balmoral.

Lembrei-me da primeira vez que vi Polly. Mary e eu estávamos caminhando na floresta, procurando amoras, quando vimos uma menina magra, de aparência suja, vindo na nossa direção. Ela carregava duas cestas cheias de frutinhas maduras.

— Onde você conseguiu isso? — Mary perguntou, e pude ver que ela estava preocupada que a menina não tivesse deixado nada para nós.

— Eu achei — Polly respondeu com um sorriso contagiante, mostrando um buraco entre os dois dentes da frente. Ela tinha cabelo liso, castanho-avermelhado, olhos verdes e redondos, e sardas salpicadas por todo o nariz.

— Bom, meu pai é dono de todas estas terras, então, tecnicamente, elas nos pertencem — Mary disse, utilizando sua voz com entonação da classe A.

O rosto da menina se anuviou enquanto ela olhava com tristeza para as cestas cheias de frutas.

— Minha mãe ia fazer geleia.

— Não se preocupe — eu disse rapidamente, olhando duro para Mary. — Você pode ficar com elas. É só nos contar onde as encontrou.

Então Polly nos levou para um lugar secreto. Nós a seguimos e passamos por baixo de galhos rasteiros de macieiras, caminhando com dificuldade por um riacho frio como gelo, até que ela afastou alguns galhos cheio de espinhos, revelando um pomar de amoras perfeitamente maduras.

Passamos a tarde colhendo e comendo amoras. Depois minha irmã e eu a seguimos de volta até a casa dela, onde a mãe de Polly nos mostrou como transformar as frutas em geleia. Desse dia em diante, nós três sempre passávamos os verões juntas, e durante o ano letivo mantínhamos contato através de cartas semanais, e, ocasionalmente, da troca de alguns pequenos pacotes. Tais lembranças pareciam ter acontecido há milhões de anos.

A luz fraca do sol surgiu por uma fresta nas nuvens, iluminando a cidade lá embaixo e me despertando daquela viagem ao passado. Uma por uma, as janelas das casas começaram a se iluminar com a luz de lamparinas. Dois homens empurraram um carrinho com mercadorias para o mercado na praça. Por mais que fosse reconfortante estar em um vilarejo intocado por Hollister, eu estava perdendo as forças e meu ferimento precisava ser tratado.

— Pronta, Calígula? — eu perguntei.

A égua olhou para cima, tirando os olhos do balde, e se aproximou de mim. Tentei montá-la, mas não consegui. Virei o balde de água de cabeça para baixo e usei-o como um degrau para me ajudar a subir no animal. Quando me mexia, a dor nas costas se irradiava para o peito e as costelas. Tentei não pensar nisso.

Calígula trotava de maneira lenta e firme estrada acima, saindo do vilarejo rumo às montanhas, passando por campos áridos e árvores esqueléticas. Ouvi o som dos passarinhos à nossa volta, mas eles não eram os mesmos passarinhos com os quais eu tinha crescido. Pássaros canoros, gaios e pardais não existiam já há muito tempo. As ruas estavam cobertas pelos corpos deles depois dos Dezessete Dias. Só os pássaros que se alimentavam de carcaça sobreviveram: corvos, pombos e urubus.

Continuamos por horas, e a cada solavanco do caminho eu sentia uma dor profunda nas costas. Até que finalmente reconheci um desvio na estrada. Estávamos a uns três ou quatro quilômetros de distância. Logo eu veria a casa de pedras quadradas com persianas verde-escuras onde Polly morava com a família. Visualizei os cachorros dela, deitados nos degraus do jardim da frente, onde a mãe plantava rosas e narcisos.

— É logo ali! — eu gritei, e Calígula, se contagiando com meu entusiasmo, disparou. Meus olhos procuraram avidamente a montanha, mas tudo que restava do lugar onde tinha sido a casa de Polly eram as fundações, negras e queimadas pelo fogo, e a chaminé de tijolos coberta de cinzas.

Eu estava chocada demais para chorar. Chocada demais para sentir qualquer coisa a não ser um grande vazio. Soube da verdade instintivamente: a Nova Guarda tinha vindo me procurar e matado Polly e a família dela. Mais três pessoas, que eu amava de coração, tinham perdido a vida por minha causa.

O Castelo de Balmoral continuava de pé lá na frente, os muros chamuscados e cobertos de fuligem.

Lembranças flutuavam na minha mente: Mary e eu, crianças, correndo lá para dentro com nossos vestidos de verão para encontrar nossos pais; brincando de pega-pega nos corredores sombrios; pescando no rio com Polly e o pai dela. Fechei os olhos, tentando bloquear essas imagens. Como a vida de todos nós podia ter mudado desse jeito? E tão subitamente?

Eu precisava checar os estábulos, apesar de temer o que poderia encontrar. Preparei-me para o pior, mas de algum jeito encontrei forças para encorajar Calígula a seguir em frente, passando pela grama alta, pela lateral do castelo, e depois por um caminho lamacento até os estábulos. Olhei para as janelas da construção quando passamos. Não havia cavalos lá dentro. O pasto também estava vazio. Será que os animais tinham sido roubados ou apenas sortudos o bastante para escapar?

— Jasper — eu chamei, tentando assobiar, mas sem sucesso. Respirei fundo e tentei de novo, olhando para o campo e desejando que Jasper aparecesse, caminhando na minha direção, em resposta ao meu chamado. Olhei lá longe, até onde meus olhos conseguiam alcançar, onde a grama e o céu se tornavam uma coisa só. Nada de Jasper. Nada de Polly.

Não havia sobrado nada.

Desmontei pesadamente e deixei Calígula pastar à vontade no campo.

— Você está livre agora — eu sussurrei para ela. A égua ergueu a cabeça e os olhos largos dela encontraram os meus. Então ela me empurrou levemente com o focinho. — Ninguém nunca mais vai colocar um freio com espetos na sua boca de novo. Este campo é seu. Você pode correr quanto quiser — eu disse e encostei minha testa na dela. — Espero que você tenha uma vida melhor aqui.

Tirei a mão do pescoço de Calígula e me virei para caminhar lentamente até o castelo. A trilha lamacenta virou um caminho de ardósia, que terminava em degraus largos que levavam às portas duplas da entrada da frente. As portas estavam fechadas.

Olhando para trás uma última vez, vi que Calígula tinha me seguido e estava me observando da estradinha.

— Vá! — fiquei surpresa em sentir o rosto molhado de lágrimas. Acenei para ela, mas a égua continuou lá parada, olhando para mim.

O ar dentro do corredor de pedras era extremamente frio. Estilhaços de vidro quebrado cobriam o chão, brilhando como gelo sob a luz fraca que atravessava as janelas. O grande lustre que há séculos ficava pendurado na entrada do castelo estava caído no chão de mármore, despedaçado em milhões de pedaços. Os quadros da realeza tinham sido rasgados na altura da garganta dos retratados: meus ancestrais estavam com a cabeça decepada. Os vasos, as obras de arte, os espelhos, as pinturas — tudo destruído. Pelo menos a antiga e linda escada ainda estava de pé, apesar de também ostentar marcas, como se fossem cicatrizes de queimaduras.

Eu queria checar a casa inteira para ver se havia sobrado alguma coisa, mas estava tremendo e me sentindo febril. Uma onda de calor passava por mim só para me deixar sentindo ainda mais gelada. Minhas pernas pareciam pesadas demais quando segurei no corrimão, me forçando dolorosamente escada acima. Parecia que alguém estava esfregando uma faca nas minhas costas, e fiquei pensando no que as garotas tinham feito com Vashti.

Segurei no corrimão chamuscado para me apoiar melhor. Tudo o que eu queria era deitar no meu quarto, na minha cama. Esse era o único pensamento que ocupava meu cérebro febril. E assim eu continuava, passo a passo. O chão parecia se mover sob meus pés, o que me deixava desorientada. Eu me sentia como um navio à deriva no mar bravo.

Quando finalmente cheguei à porta do meu quarto, eu estava de quatro. O armário tinha sido derrubado, a madeira escura, quebrada em pedaços espalhados pelo tapete, e os lençóis, jogados no chão. Mas a cama redonda de cachorro de Bella estava lá na canto, ainda marcada com a forma dela, e minha cama de dossel estava quase intacta. Mesmo depois de todos os acontecimentos, aquele quarto me fazia sentir em casa. Diferentemente da minha mãe e do meu pai, que agora eram apenas lembranças, aquele espaço, aquela casa, iriam continuar, e sobreviveriam a todos nós. Talvez algum dia outra menina usasse meus vestidos e abrisse a caixa de joias que eu tinha desde os 6 anos e ficasse olhando a bailarina lá dentro girar.

Minha cabeça de repente parecia pesada demais e eu não conseguia mais me manter em pé. Assim, deitei no chão de madeira, olhando para minha cama, desejando ter forças para andar até lá. Com a luz das janelas de cima, eu podia ver as feridas no meu braço mais claramente. Linhas vermelhas e bolhosas como uma queimadura se espalhavam em uma linha. Infecção. Fechei os olhos enquanto mergulhava em um sono vacilante, cheio de furiosos pesadelos.

Acordei, e no meu estado de delírio, pensei ter ouvido vozes e o som de passos no corredor. A porta do meu quarto rangeu e se abriu. Eu não sabia como Cornelius Hollister já tinha me achado, mas naquele momento a morte era bem-vinda. Continuei deitada, sem conseguir me mexer, os olhos fechados.

— Eliza, é você?

Meus olhos se abriram e foquei no rosto da pessoa em pé na minha frente. O cabelo liso e longo, as inúmeras sardas, os olhos verdes e redondos arregalados de surpresa.

— Polly — eu falei, a respiração pesada.

24

EU FLUTUAVA ENTRE A CONSCIÊNCIA E A INCONSCIÊNCIA, ardendo em febre. Alguém me levou para minha cama e me dava colheradas de água. No começo, pensei que Polly e eu estávamos dançando na chuva, com a língua de fora para beber as gotas de água. Depois vi o rosto dela flutuando sobre mim, franzindo as sobrancelhas, e me lembrei.

Também havia uma mulher de voz doce e mãos gentis. Ela apoiava minha cabeça no colo dela, tentando me dar sopa, mas eu não conseguia engolir. Então um homem apareceu, vestido com um casaco escuro e carregando uma pequena caixa de remédios. Ele se sentou ao meu lado na cama e tirou minha temperatura embaixo do braço, do jeito que minha mãe fazia quando eu era criança.

— Quarenta e um — a voz dele parecia grave. — Precisamos de um antibiótico para combater a infecção.

— Devemos levá-la? — Polly perguntou, a voz cheia de preocupação.

— Ela está doente demais para sair daqui — o médico disse.

Um grupo se juntou em torno dele falando baixo e de forma solene. Com a Nova Guarda tomando conta das farmácias e dos hospitais, o médico não conseguia os remédios de que precisava para me ajudar. Vi Polly correr para fora do quarto, mas depois desmaiei.

O delírio era uma fuga muito bem-vinda. Minha mente se abarrotava com lembranças felizes e tão vívidas que eu podia ouvir de verdade a voz da minha mãe e sentir o perfume do óleo de rosas que ela costumava usar. Eu sentia o pelo macio de Bella, assim como o focinho molhado e frio dela. Mas, quando a tremedeira voltava, voltavam também os pesadelos: Mary, um esqueleto entre as grades; Jamie morrendo sozinho em um leito de prisão; a imobilidade nos olhos do meu pai enquanto ele sangrava até a morte no chão do salão de festas.

Acordei gritando, tentando me levantar.

— Está tudo bem, Eliza — Polly dizia enquanto comprimia um pano úmido na minha testa. O quarto entrou em foco e deitei de novo no travesseiro, sentindo o som das batidas do meu coração nos ouvidos.

— O que o médico disse? — eu perguntei.

Como ela não respondeu, eu sabia que não tinham encontrado nenhum antibiótico.

— Estamos fazendo o possível. Fui ao mercado hoje de manhã — eu podia ver pelo tom de voz de Polly que ela estava começando a chorar. — O senhor Seabrook, o antigo químico, disse que talvez soubesse onde achar. Vou voltar lá amanhã de manhã. Mamãe está na cidade, batendo de porta em porta, perguntando se alguém tem algum resto nas caixas de remédio.

Aquiesci, mas mesmo o menor dos movimentos fazia minha cabeça doer. Ninguém teria nenhum remédio sobrando.

— Hollister ocupou os hospitais?

— Sim — Polly concordou de forma solene. — Tinha até alguns dos soldados deles na praça do mercado hoje. Um deles me seguiu.

— Não podemos lutar contra eles — consegui falar com a voz entrecortada. — Eles têm armas e munição... — depois as tremedeiras recomeçaram e me forçaram a deitar de novo. Eu não conseguia falar entre os dentes rangendo.

Polly me olhou, lutando para esconder a preocupação, mas franzindo o nariz, como sempre acontecia quando ela ia chorar. Ela puxou o cobertor até meu queixo e se deitou ao meu lado, colocando os braços à minha volta para me esquentar.

A porta se abriu e o médico apareceu. — Ela precisa descansar, Polly — ele a repreendeu gentilmente, então ela se levantou e se afastou.

O médico se aproximou de mim com uma garrafa de remédio cor de âmbar que fez os calafrios pararem e me permitiu dormir. Senti as mãos dele me segurando pelo queixo enquanto abria minha boca para jogar o xarope adstringente direto na minha garganta. Um peso se abateu sobre mim, me cobrindo como um cobertor. Tentei desesperadamente chamar Polly, mas a escuridão me dominou.

Quando acordei, os pais de Polly e o médico estavam sentados em volta da minha cama. Clara segurou minhas mãos nas dela, apertando-as suavemente, como minha mãe fazia. Ela me lançou um olhar triste, os olhos vermelhos de tanto chorar.

— Como você está se sentindo, Eliza? — o médico perguntou.

Tentei responder, mas mal conseguia abrir a boca. Entrei em pânico e fiquei olhando do médico para Clara e depois para George, que estava sentado com as mãos entrelaçadas no colo, olhando para o chão.

— O tétano faz os maxilares travarem — o médico explicou quando tentei falar de novo.

— Sinto muito, Eliza — Clara disse, se inclinando na minha direção. — Não encontramos nenhum remédio. Olhamos em todos os lugares e perguntamos para todo mundo. George cavalgou durante dias pelas cidades e vilarejos aqui em volta, mas ninguém tem mais nada — as lágrimas enchiam-lhe os olhos enquanto ela falava. Eu sabia, sem ela ter de dizer mais nenhuma palavra, que eles tinham vindo para me dizer que eu estava morrendo.

— A infecção se espalhou — o médico disse.

Eu teria dado uma gargalhada se pudesse abrir a boca. Eu tinha pulado do telhado da Torre de Aço, me defendido de cobras de esgoto, me arrastado por um túnel com fogo atrás de mim, e cavalgado quase quinhentos quilômetros sem sela. No entanto, uma portinha de alçapão de metal infectada com tétano é que iria me matar.

— Me enterrem ao lado da minha mãe — eu tentei dizer. Queria ser enrolada em musselina e colocada na terra ao lado da minha mãe. Imaginei nossos ossos se tocando na terra, o mais próximo que chegaríamos de nos dar as mãos outra vez.

Fechei os olhos, me preparando para uma nova leva de calafrios. O xarope que o médico me deu para dormir tinha diminuído a dor, mas me deixara sem conseguir comer, e eu sentia meus ossos contra o colchão. Um raio de sol brilhava através das cortinas de *laise* que enfeitavam meu quarto desde que eu era criança.

— Talvez ela esteja com sede — Clara disse enquanto se sentava atrás de mim na cama, deitando minha cabeça nos braços dela. Ela me alimentou a colheradas, alternando água e chá de camomila. Eu sentia o chá pingar da garganta para meu estômago vazio.

— O dia está bonito — eu disse o mais claramente possível, mas as palavras eram incompreensíveis e soavam como balbucios. Mas Clara me entendeu.

— O dia está bonito — ela concordou.

Clara deixou a janela aberta quando eles saíram do quarto, permitindo que o ar frio entrasse. O cheiro era quase de mar, por causa da umidade do orvalho e do calor do sol. Inspirei lentamente pelo nariz. Eu tinha respirado aquele ar toda a minha vida, mas só agora apreciava quão doce ele era. Talvez estivesse delirando, mas eu quase podia sentir um leve aroma de flores. Isso me fez lembrar da estampa de rosas na casa de Wesley, onde nos sentamos e nos beijamos à luz de velas. Assim que a imagem me veio à mente, tentei afastá-la; eu não queria passar minhas últimas horas de vida pensando nele.

Então apaguei de novo, meio sonhando, meio rezando por Mary e Jamie. Eu esperava que a morte deles nas mãos de Hollister fosse o mais indolor e rápida possível. Eu rezava para que Polly e a família dela nunca sofressem por terem me ajudado. E também rezava para alguém matar Hollister, ou para uma bola de sol gigante cair sobre ele e o exército dele, queimando todos. Eu não podia morrer em paz sabendo que ele ainda estava vivo.

Algum tempo depois, senti a mão fria de Polly na minha testa.

— Está tudo bem, Eliza — ela murmurou.

— Polly, você tem sido a melhor amiga do mundo — eu fazia força para as palavras saírem por entre minha boca cerrada. — Eu te amo muito.

Em seguida, fechei os olhos, satisfeita com meu último adeus.

25

NÃO CONSEGUI DORMIR. TREMENDO COM OS ARREPIOS E A febre, fiquei deitada na cama, os olhos abertos, mas sem ver nada. As faixas de luz acinzentada embaixo da janela me diziam que eu tinha sobrevivido a mais um dia.

O som alto de batidas na porta ressoou pelo castelo.

Polly estava deitada ao meu lado, o braço apoiado na minha cintura. Ela se levantou de uma só vez e olhou em volta do quarto. A mãe dela, que estava cochilando na poltrona, acordou em pânico com o susto.

— Quem estaria na porta a essa hora da noite? — Clara perguntou assustada.

Ela afastou um pouco a cortina da janela para poder espiar lá fora.

— Sim? Quem está aí? — ela perguntou. — Olá? — não houve resposta, apenas o som cada vez mais distante de cascos de cavalo ecoando pelo caminho de pedra.

— É melhor eu ir lá embaixo olhar — George disse. A voz dele parecia cansada, abatida.

— Vou com você — Polly se ofereceu, mas apertei a mão dela. Queria que ela ficasse. Estava com medo de ficar sozinha, de morrer sozinha. Polly entendeu e deitou de novo ao meu lado.

Alguns minutos depois, George entrou no quarto novamente.

— Alguém deixou este pacote do lado de fora da porta — ele disse sem fôlego, segurando uma embalagem na frente do corpo.

— O que é? — Clara perguntou, pegando a vela da minha mesa de cabeceira para examinar o pacote. Era um embrulho pequeno, envolto em papel marrom e amarrado com um barbante. Pude ouvir o farfalhar do papel sendo desembrulhado e depois o silêncio quando ela segurou o conteúdo sob a luz bruxuleante da vela. Abri os olhos, fazendo força para enxergar. Na mão de Clara estava o que parecia ser um frasco de vidro.

— O que diz aí, mãe? — Polly perguntou ansiosamente.

— Penicilina... tome três vezes ao dia por quatro semanas.

— Remédio? — Polly perguntou, excitada, se aproximando do embrulho. — É remédio! Alguém da cidade deve ter encontrado!

— Deixaram algum bilhete? — Clara perguntou.

Polly olhou dentro do pacote.

— Não — ela respondeu.

Clara parecia desconfiada.

— Talvez tenha sido o senhor Seabrook. Ele estava tentando achar um pouco hoje de manhã.

— Agora não é hora de nos preocuparmos com isso — George disse com urgência na voz. — Precisamos agir rápido. Amassar as pílulas e misturá-las com leite, ou Eliza não vai conseguir engolir.

Polly sentou-se ao meu lado, me levantando para que eu ficasse sentada enquanto o pai dela me dava colheradas de leite com gosto amargo. Depois de alguns dias sem comer, até o leite parecia difícil de engolir. Polly viu que eu estava tendo dificuldades e pingou algumas gotas de água na minha boca, o que ajudou um pouco.

— Antibióticos têm uma data de validade curta — George disse enquanto colocava mais leite na colher. — Vamos rezar para que não seja tarde para esse remédio funcionar.

No começo, o médico vinha me ver três vezes ao dia. Ele me dava os comprimidos ao amanhecer, ao meio-dia e à noite. E todas as vezes que tirava minha temperatura, um sorriso se formava no rosto dele, quase sempre austero. Os tremores diminuíram, assim como o suor. Os músculos das mandíbulas finalmente se soltaram, então pude voltar a falar. As linhas vermelhas de infecção que se espalhavam pelos meus braços e costas foram desaparecendo até se transformarem em cicatrizes bem claras.

Quando eu estava já há uma semana sem febre, o médico começou a me visitar dia sim, dia não, para se certificar de que eu estava conseguindo me alimentar. Ele disse que eu havia perdido quase um quarto do meu peso. Meus músculos ainda estavam tão fracos que eu não podia andar sozinha, sob o risco de cair.

Polly estava sempre ao meu lado. Ela me trazia bandejas de comida, mingau com mel que o pai dela pegava diretamente da colmeia, e leite da vaca leiteira deles. Na hora do almoço, fazia um caldo com o que conseguisse encontrar, uma cenoura ou uma batata, e servia com um prato pequeno de amoras. Eu ainda não tinha muito apetite, mas me forçava a comer por causa dela. Polly parecia feliz toda vez que eu lhe devolvia um prato vazio. E aos poucos, por partes, comecei a contar a ela o que tinha acontecido desde que havíamos nos despedido no verão anterior. Eu ainda não tinha lhe contado sobre Wesley — as lembranças dele ainda eram doloridas demais. E me perguntava se algum dia contaria.

— É a pior sensação do mundo, Polly — eu disse. Eu estava me sentindo muito melhor fisicamente, mas não conseguia parar de pensar naquela noite na Torre. — Eu estava tão perto deles... Nós nos demos as mãos através das grades da cela, mas depois tive que deixá-los. Às vezes acho que eu deveria ter ficado. Pelo menos teríamos morrido juntos...

— Não, Eliza! — Polly disse duramente. — Pare de falar assim. Você fez o melhor que pôde para salvá-los e nós vamos tentar de novo.

— É perigoso demais — eu comecei a argumentar, balançando a cabeça, mas ela me cortou.

— As forças de Resistência estão se juntando por aqui há algum tempo. Não é um movimento muito grande, mas cresce a cada dia. Nem todo mundo acredita no que Cornelius Hollister diz — Polly fez uma pausa, então voltou a falar com a voz bem baixa. — Na noite em que as tropas de Hollister queimaram nossa casa, ele estava junto, jogando gasolina em tudo. Por sorte, tínhamos sido avisados pelo vigia da cidade e escapamos antes de eles chegarem.

— E eles nunca voltaram desde então? — eu perguntei.

— Não... pelo menos ainda não.

— Bom, tenho certeza de que vão voltar em breve, especialmente se descobrirem que estou aqui.

Polly concordou.

— É por isso que precisamos ter certeza de que eles não vão descobrir.

— As tropas de Resistência têm armas? Munição?

Polly balançou a cabeça afirmativamente.

— Temos um pouco, mas precisamos de mais. Temos pouca munição. Mas o mais importante é que as pessoas estão se juntando. O ferreiro da cidade está fazendo espadas e outras armas com base em modelos medievais. As pessoas estão tentando tudo que podem.

— A Nova Guarda tem armas e sevilhanas, depósitos de munição, cavalos de guerra e uniformes — eu disse com desânimo. — Não sei como teremos chance contra eles — o rosto de Polly murchou ao me ouvir dizendo isso. Eu não queria destruir as esperanças dela, mas minha amiga precisava saber o que as forças de Resistência iriam encontrar. — Nosso maior problema é o tamanho do exército de Hollister. Você sabe que ele invade e assalta as cidades e vilarejos e leva prisioneiros com ele, mas também obriga homens e mulheres a trabalhar para ele. Se os prisioneiros se recusam, são mandados para os Campos da Morte, onde trabalham até não servirem para mais nada. E aí... — eu parei, me lembrando do que tinha visto naquela noite pavorosa, e estremeci. — Eles são forçados a cavar as próprias covas e então são executados.

Polly parecia aterrorizada.

— Você precisa descansar — ela disse rapidamente. — Toda essa conversa sobre Campos da Morte não está ajudando você a melhorar.

Recostei-me nos travesseiros enquanto ela saía do meu quarto nas pontas dos pés, silenciosamente. Polly tinha razão: eu precisava me concentrar em ganhar forças de novo. A luz do anoitecer era filtrada pelos painéis da janela, que deixavam uma sombra lilás atingir a cama. Eu sabia que deveria me sentir grata por estar viva, mas agora tinha uma sensação de peso enorme dentro de mim. Tantas coisas tinham dado errado; tudo que eu tinha tentado fazer havia falhado. Fiquei olhando para o teto rachado. Quando eu era mais nova, via aquelas linhas sinuosas e imaginava um coelho, uma lua, casas, árvores. Mas agora só via rachaduras.

26

FAZIA ALGUMAS SEMANAS QUE TÍNHAMOS RECEBIDO A misteriosa doação de penicilina e eu estava finalmente me sentindo eu mesma. De certa maneira, parecia que eu estava aproveitando só mais um verão. Polly e eu passávamos os dias juntas enquanto eu tentava recobrar minhas forças. Caminhávamos pelas redondezas durante o dia e, à noite, líamos perto da lareira. Mas meus pensamentos ao acordar voltavam sempre para Mary e Jamie aprisionados na Torre. Eu esperava que eles ainda estivessem vivos e sem dor.

Certa manhã, descemos para o café da manhã e encontramos Clara e George à mesa, bebendo chá e comendo pedaços aquecidos de pão marrom cobertos com framboesas amassadas. Clara estava cortando uma mistura de cenouras e batatas de aparência envelhecida e jogando-as em uma panela grande para fazer um ensopado.

— Como podemos esperar que as tropas sobrevivam com isso? — ela perguntou desanimada.

George balançou a cabeça, concordando, sem sequer tirar os olhos do rifle antigo que estava tentando consertar. Aquela arma costumava ficar pendurada na parede do escritório do meu pai como decoração; vê-la agora me enchia de uma tristeza profunda. Eu sentia muita falta dele.

Sentei-me perto da lareira enquanto Polly fervia água para fazer chá. Olhei em volta, observando as pilhas de pratos, os sacos vazios de farinha e de açúcar, os armários também vazios. A cozinha sempre tinha sido a minha parte favorita do castelo. Era tão aconchegante; não importava a época do ano, sempre tinha algo no fogo. Eu costumava pensar que, se o castelo fosse um corpo, a cozinha seria o coração.

— Como você está se sentindo hoje? — Clara me perguntou com cuidado.

— Melhor, eu acho — eu respondi. O fogo da lareira às minhas costas dava uma sensação gostosa. Girei os ombros e alonguei o pescoço. Meus músculos ainda estavam fracos, mas não doíam mais.

Clara ergueu os olhos, buscando o olhar do marido, e fez um gesto com a cabeça para ele.

— Eliza — George falou, colocando na mesa as ferramentas que estava usando para consertar o rifle. — Precisamos falar com você.

— Estávamos esperando você se sentir melhor — Clara interrompeu. Ela olhava de forma hesitante ora para o marido, ora para mim. — Parte meu coração dizer isso, mas não achamos que seja seguro você ficar mais tempo conosco. Estivemos procurando uma família para abrigá-la, pessoas com as quais achamos que você estará segura.

— Uma família para me abrigar? — eu perguntei, sentindo um buraco na boca do estômago.

— O senhor e a senhora Keats, no País de Gales. Eles são velhos amigos do seu pai. Você deve se lembrar deles. Eles costumavam visitar sua família em Londres quando você era pequena.

— Estou indo embora? Vocês vão me mandar para o País de Gales? — eu olhei para Clara, depois para George. — Por favor — eu implorei. — Aqui é minha casa. É tudo o que me resta do meu passado.

Clara balançou a cabeça, desolada.

— Eliza, sei que isso é difícil, mas é a melhor maneira de mantê-la em segurança agora. Se Cornelius Hollister a capturar e matar, a linha de sucessão dos Windsor estará acabada e ele conseguirá se proclamar rei. Não podemos deixar isso acontecer.

Meu coração parou de bater por um instante quando percebi o que ela estava querendo dizer.

— Você está dizendo... — eu engoli em seco — ...que Mary e Jamie já estão mortos?

— Não, não. Não temos nenhuma notícia. Até que fiquemos sabendo do pior, vamos pensar no melhor. Tenho certeza de que eles ainda estão vivos. Mas precisamos manter você em segurança — Clara sorriu e apertou meus ombros em sinal de apoio, mas eu sabia que ela estava me dizendo o que eu queria ouvir, não a verdade. — O general Wallace vai levá-la até o País de Gales escoltada por tropas da Resistência para uma proteção extra.

— Não posso ficar correndo de um lado para o outro, me escondendo — eu protestei, enquanto uma lágrima escorregava pelo meu nariz e pingava na mesa de madeira. — Já perdi tanta coisa. Este lugar é meu único elo com o passado.

— Você tem sua vida! — George exclamou. — E é isso que estamos tentando proteger — ele fez uma pausa e voltou a falar de maneira mais gentil: — Seu pai era um homem bom. Ele nos tratava bem, como parte da família. Prometi-lhe que faria tudo que pudesse para proteger vocês, e é isso que estou fazendo agora.

Clara esticou a mão para segurar a minha.

— Não é seguro para você continuar aqui, Eliza. Assim como não é seguro para nós abrigá-la. Eles vão voltar procurando você.

Aquiesci. Claro que ela estava certa. Se a Nova Guarda me encontrasse lá, Polly e a família dela certamente seriam mortos. Eu não podia deixar que arriscassem a vida por mim.

— Quando tenho que partir? — eu perguntei.

Um silêncio se fez entre Clara e George enquanto eles se olhavam. Por fim, George disse: — O general Wallace vai levar você hoje, depois que escurecer. Achamos mais seguro você viajar à noite.

— Hoje à noite — eu repeti pesadamente. — Tudo bem. Vocês têm razão, é o melhor a fazer.

Polly me abraçou, mas isso só fez eu me sentir pior. Forcei-me a beber o chá e a terminar meu pedaço de pão torrado, pensando em quão difícil era para mim me despedir dela de novo. Será que algum dia eu ia poder voltar para os lugares que conhecia e para as pessoas que amava? Ou eu teria de viver no exílio para sempre?

Quando terminei, fiquei de pé e levei minha caneca até o balde de água para lavar. — Vou subir e embalar algumas coisas para a viagem.

— Vou com você — Polly disse, se levantando da mesa.

— Acho que quero ficar um pouco sozinha, se você não se importar — eu pedi.

Enquanto eu subia as escadas, me peguei pensando em quando eu e Mary éramos crianças e colhíamos dentes-de-leão nas montanhas. Soprávamos as sementes no vento e ficávamos vendo-as voar para longe.

Pensei na minha família, desaparecendo como as sementes. Agora eu era a próxima a ir.

O chão de pedra ecoava atrás de mim enquanto eu dava uma última caminhada pelo castelo, dando um adeus silencioso a cada um dos cômodos. Eu disse adeus para a sala azul-clara, com uma cornija de mármore em volta da ladeira, onde costumávamos pendurar nossas meias de Natal; para o quarto de bebê, onde percebemos pela primeira vez quão doente Jamie sempre seria; para a sala onde os cavalheiros fumavam e bebiam, com seus escuros painéis de madeira; e para a sala de chá das damas, com sua moldura branca que sempre me lembrou um bolo de casamento. E, finalmente, fui até o escritório do meu pai.

Quando abri a porta, pude ver a poeira nas faixas de luz do sol, que vinham das janelas e batiam no chão, nos grossos tapetes orientais. A escrivaninha do meu pai continuava no lugar de sempre, a cadeira puxada para trás como se ele tivesse acabado de se levantar para sair.

Meu pai adorava antiguidades. Vi sua coleção de pequenos carros de corrida, uma câmera de couro perto de uma caixa fechada de rolos de filme, uma coleção de telefones celulares e de fitas cassete antigas, e uma outra de soldados de brinquedo de metal. Mary e eu costumávamos fazer troça dele, revirando os olhos e chamando-o de antiquado.

O cheiro da sala era uma mistura de pedra antiga, tabaco e madeira, um cheiro que eu sempre iria associar ao meu pai. Meus olhos arderam. Eu jamais tinha entrado naquela sala sem ele. Fiquei me perguntando se ele estava me vendo agora; se sabia como eu sentia falta e precisava dele.

Beijei uma das paredes do escritório e voltei para a escada. Ainda havia uma leve brisa soprando nos corredores.

— Eliza — Polly estava de pé na porta do meu quarto. Eu não estava arrumando a mala, estava só olhando pela janela, para o nada. — O sol saiu — ela disse titubeante. — Quer ir lá fora? Talvez você se sinta melhor.

Encostei no parapeito da janela, olhando para a tinta lascada.

— Está bem.

Lá fora, o sol aquecia as ruas lamacentas. Caminhávamos devagar, em silêncio, por um caminho que costumava ser uma estrada onde passavam carros. Passamos pelo que restou do pomar de maçãs: árvores nuas e vazias, e galhos que, contra o céu, pareciam esqueletos. Apesar de não haver maçãs lá desde os Dezessete Dias, o perfume da fruta resistia, como um fantasma teimoso.

— Polly — eu disse, parando no meio do caminho. Crescendo no meio de um pedaço de terra ao lado da estrada havia uma pequena árvore. Um delicado e macio tronco, com dois galhos fininhos brotando, nos quais pequenas folhas em formato de amêndoa estavam se formando.

Polly se agachou ao meu lado com uma expressão de espanto no rosto e no olhar. Senti meus olhos se encherem de lágrimas. Lágrimas de esperança.

Depois dos Dezessete Dias, muitas espécies de plantas haviam sido extintas. Isso mexeu muito com minha mãe. Ela sempre teve um carinho especial por plantas e flores. No dia em que ela morreu, durante nosso piquenique no jardim, ela disse: — Espero que algum dia folhas verdes voltem ao mundo. E que ainda estejamos vivos para ver.

Isso foi uma das últimas coisas que ela me disse.

Sorri por um momento, feliz por ver que minha mãe tinha realizado o desejo dela. Mas então pensei em Mary e Jamie, e meu sorriso desapareceu. Eles provavelmente nunca conseguiriam ver as folhas novas.

Como se adivinhasse meus pensamentos, Polly estendeu a mão para segurar e apertar a minha.

Foi aí que ouvimos um som estranho ao longe, como o barulho de rodas de carros, só que ninguém nas redondezas tinha combustível para dirigir um automóvel. Polly e eu congelamos, olhando uma para a outra, assustadas.

O barulho foi ficando cada vez mais alto e mais perto. Não era um caminhão, percebi, quando um grupo de cavalos virou na curva lá na frente: era um esquadrão de soldados de Hollister.

Observamos, incrédulas, a fila aparentemente interminável de homens e mulheres uniformizados, armados com sevilhanas, cavalgando pelas estradas sinuosas do campo. Como se moviam em perfeita sintonia, pareciam uma cobra verde gigante. Aqueles soldados não eram os novos recrutas que eu tinha visto no campo de treinamento: eles formavam um exército de verdade, com cavalos, armas novas e uniformes limpos. A cor desapareceu do rosto de Polly.

— Eles vão esmagar as forças de Resistência em um segundo — ela disse, ainda olhando para a frente, com uma expressão de medo e admiração no rosto.

Antes que eu soubesse o que estava acontecendo, Polly pulou na minha frente e me empurrou para trás, para uma área onde havia um roseiral. Eu tropecei nos arbustos, nos gravetos e no emaranhado de galhos que faziam com que fosse quase impossível se mexer. Pensei que Polly fosse se esconder lá comigo, mas ela ficou parada na lateral da estrada, olhando para a frente, como se nada estivesse acontecendo. Três dos cavaleiros se separaram do resto do grupo e vieram na nossa direção.

— Polly, venha para cá — eu sussurrei, mas ela fez um gesto para que eu ficasse quieta. Os cavalos estavam se aproximando. Então me agachei no espaço entre os galhos mais baixos, segurando-os com tanta força que os nós dos meus dedos ficaram brancos. *Por favor, não machuquem ela; por favor, não machuquem ela,* eu pedia mentalmente. Talvez eles passassem direto, pensando que Polly era só uma menina do interior indo para casa.

O som dos cavalos diminuiu e eu vi que os soldados não iriam passar direto. Eu não podia ver o rosto deles, apenas as patas musculosas e os cascos com espetos de metal dos cavalos de guerra. Polly ficou parada. Eu só conseguia ver as pernas finas, a parte de trás dos shorts e a mão tremendo de nervoso da minha amiga, que segurava alguns gravetos atrás das costas.

— Você mora aqui? — eu ouvi um dos cavaleiros perguntar.

— Sim — Polly respondeu humildemente. — Moro rua acima, em Balmoral. Só estava juntando gravetos para o fogo da cozinha.

— Fale alto e claro quando nos dirigirmos a você, menina! — um segundo soldado berrou. — Você tem alguma informação sobre o paradeiro da princesa Eliza?

Polly ficou em silêncio.

— Responda agora! — gritou o soldado raivoso, erguendo a sevilhana. Rapidamente e sem aviso prévio, ele abaixou o braço, batendo no rosto dela com o lado plano da lâmina. Polly cambaleou para trás com a força da pancada e caiu no chão, poucos metros à minha frente. Ela ficou lá sentada, apertando a mão contra a bochecha e olhando para eles, ainda sem dizer nada.

— Chega — ordenou outro soldado. Perdi a respiração ao ouvir aquela voz. Ele falava de maneira muito mais gentil. — Você viu ou escutou qualquer informação a respeito de Eliza Windsor?

Fiz um esforço para não sair de onde estava e olhar para Wesley. Queria ver o rosto dele uma última vez sob a luz do sol e perguntar por que ele não havia me contado a verdade sobre quem era. Perguntar por que, lá no telhado, ele ficara ao lado do pai dele, quando podia ter ficado do meu.

Polly se ergueu. De onde eu estava, pude ver que as mãos dela estavam arranhadas e sangrando por causa da queda.

— Se puder nos fornecer qualquer pista que nos ajude a encontrá-la, você será recompensada por Cornelius Hollister com dinheiro ou comida, o que você preferir — Wesley disse.

Polly aquiesceu.

— Isso foi um sim? — o primeiro soldado perguntou com voz severa.

— Sim — Polly respondeu baixinho.

— Sim, você sabe onde a princesa está? — o cavaleiro perguntou. O cavalo dele se mexeu e ele deu um puxão nas rédeas para acalmá-lo. — Fale logo! Não temos o dia inteiro.

A mão de Polly tremia incontrolavelmente enquanto ela gaguejava: Eliza Windsor, princesa da Inglaterra...

Eu prendi a respiração, a ponto de afastar os arbustos e me entregar.

— ...está enterrada ao lado da mãe dela, no Cemitério Real de Londres.

Um silêncio caiu sobre os cavaleiros, como se tivessem ficado chocados com a informação. O único som que se ouvia era o tilintar dos freios dos cavalos quando eles mudavam o peso do corpo.

— Ela está morta? — perguntou o soldado, como se estivesse desapontado com a ideia. — Nós queremos ela viva. Como você sabe disso? Você tem certeza?

— Sim — Polly murmurou, olhando para baixo. — Ela morreu por causa de uma infecção. Tétano. O corpo dela foi encontrado na estrada para Balmoral. Acho que ela queria vir morrer aqui. Meu pai foi um dos homens que ajudou a carregar o corpo dela para Londres para o enterro. Ele disse que ela era só pele e osso, e que estava quase irreconhecível — Polly disse com a voz baixa e triste.

Os cavalos batiam nervosamente no chão, levantando poeira na estrada. Eu podia ouvir os cavaleiros conversando entre si, mas Wesley permaneceu calado.

— Bom, não há necessidade de continuarmos por aqui, então — o soldado disse por fim, com um tom de voz neutro. — Já levamos do castelo tudo que valia a pena, então vamos voltar para a Divisão Oito para o ataque a Newcastle.

Ouvi os cavalos dando meia-volta. O som do tropel indo na direção da Estrada do Norte diminuía aos poucos.

— Polly! — eu me desvencilhei dos galhos e corri para ela, jogando meus braços em volta da minha amiga. — Obrigada! Você foi tão corajosa! Você me salvou — Olhei para a marca vermelha no rosto dela, onde o soldado a tinha atingido. O rosto de Polly estava pálido, e pude ver que ela estava abalada.

Nós nos encostamos na parede de pedras por um minuto, a fim de reorganizarmos nossos pensamentos.

— Aquele soldado, o de cabelo louro — eu comecei a dizer, passando distraidamente o dedo sobre a fina cicatriz no meu braço e tentando fazer minha voz soar casual. — Ele pareceu chateado quando você disse que eu tinha morrido?

Polly me olhou de uma maneira estranha.

— Eliza — ela disse lentamente —, ele estava aqui para capturar você.

— Certo — eu fiquei surpresa com a súbita pontada de dor que senti. — Claro — e, dizendo isso, me levantei, caminhando para me afastar de Polly e esconder as súbitas lágrimas que surgiam nos meus olhos. Eu detestava perceber que apenas o fato de ouvir a voz dele, de saber que ele estava por perto, pudesse me fazer chorar. Depois de tudo que aconteceu, eu me odiava por ainda me importar se os sentimentos dele por mim eram verdadeiros ou não.

— Você está bem? — Polly perguntou, se aproximando.

Virei-me para ela e fiz que sim com a cabeça, piscando rápido para afastar as lágrimas.

— Não quero ir embora — eu disse com sinceridade.

Polly abaixou o olhar.

— Eu também não quero que você vá.

— Detesto fugir sabendo que há uma chance de meus irmãos estarem vivos, de eles poderem ser salvos.

— Entendo — Polly concordou. — Mas você vai ter que confiar no meu pai, vai ter que confiar em *mim*, quando dizemos que faremos tudo o que pudermos para salvar a vida deles. Mas primeiro precisamos salvar a sua.

Então ouvimos um barulho atrás de nós, vindo da floresta. Abaixamo-nos atrás do muro, apertando as mãos uma da outra enquanto esperávamos, ouvindo passos pesados se aproximarem e depois pararem. Em seguida, ouvimos o som alto de galhos sendo arrancados e esmagados.

Lentamente, levantei alguns poucos centímetros, espiando por cima do muro. Pastando nas árvores ao lado do bosque estava um cavalo alto, branco e preto.

— Calígula!

Pulei o muro e corri na direção dela. Enquanto acariciava a crina embaraçada da égua, senti uma única lágrima de alegria escorrer pela minha bochecha. Contra toda a lógica, ela tinha ficado por perto, como se estivesse me esperando. Hoje eu não iria embora sozinha de Balmoral: levaria Calígula comigo para o País de Gales e para o que mais viesse pela frente.

27

QUANDO POLLY E EU NOS APROXIMAMOS DO CASTELO MONTADAS em Calígula, vimos algumas centenas de homens e mulheres de pé do lado de fora. Puxei a égua para que ela parasse.

Aquelas pessoas eram soldados e faziam parte das tropas que o pai de Polly tinha arregimentado nas cidades vizinhas. Alguns empunhavam armas confeccionadas pelos ferreiros, como Polly havia mencionado. Outros seguravam arcos feitos em casa, além de flechas e espadas. Todos usavam as próprias roupas, diferentemente dos uniformes com brilhantes botões de bronze que a Nova Guarda ostentava. Meu coração se apertou quando constatei quão poucos eles eram. O céu estava escurecendo e o ar estava úmido com a chuva que estava por vir. Aquela seria minha última hora em casa.

Pensei na longa viagem noite adentro até o País de Gales. As estradas seriam arriscadas: haveria bandidos, Andarilhos e, o pior de tudo, o exército de Hollister. Não havia garantia nenhuma de que chegaríamos vivos ao nosso destino. Mas pelo menos eu tinha Calígula comigo.

De pé nos degraus do castelo, acima da multidão, estava o general Wallace. Ele tinha envelhecido rápido desde o último jantar de Estado no palácio de Buckingham, no ano anterior. A queda do governo e a morte do rei tinham claramente pesado para ele, deixando-lhe o cabelo cinza-prateado e olheiras escuras sob os olhos.

Quando nos viu chegando, o general deu um passo à frente para nos receber.

— Princesa — ele disse, fazendo uma reverência. — Sinto muito.

Clara apareceu ao lado dele, e eu rapidamente desci de Calígula para correr na direção dela. Meu coração disparou.

— Sente muito? — eu perguntei, a voz entrecortada.

Clara me puxou para perto dela, me abraçando. As lágrimas da mãe de Polly caíam no meu cabelo e nas minhas costas.

— Eles acabaram de anunciar... Saiu no rádio... — ela cobriu o rosto e se inclinou, engasgando de tanto soluçar, enquanto George corria para ela, ainda segurando um rádio com uma antena inclinada, de aparência desgastada.

— Cornelius Hollister anunciou a execução dos seus irmãos — ele disse de forma solene — para este domingo de manhã.

— Não posso acreditar que vivi para testemunhar isso — o general disse baixinho para si. — O fim da casa de Windsor — uma única lágrima escapou dos olhos dele. Todos os soldados da Resistência estavam chorando ou gritando, agitando os braços — todos menos eu.

Fiquei parada, em estado de choque, atrás de Calígula, olhando para o rádio em total incredulidade. Lágrimas, gritos — qualquer coisa teria sido melhor do que ficar ali parada, congelada, imaginando minha irmã e meu irmãozinho com nós em volta do pescoço, seus corpos flácidos pendurados contra o horizonte de Londres enquanto milhares de pessoas assistiam.

Polly se aproximou e me abraçou apertado.

— A culpa é minha — ela disse chorando. — Eu disse a eles que você estava morta. Pensei que eles iam nos deixar em paz, mas só piorei tudo...

— Você só estava tentando me ajudar. Você não sabia o que ia acontecer — eu segurei o corpo trêmulo de Polly, tentando reconfortá-la.

Continuei a olhar para o rádio, ouvindo o locutor listar todas as vilas, vilarejos e cidades que o exército de Hollister tinha conquistado. Clara e George olharam para Polly e fizeram um gesto para que ela me levasse para a lateral do castelo. Clara me entregou uma pequena bolsa com algumas coisas que tinha embalado para minha viagem: roupas quentes e sanduíches para mim e para o general.

— Eliza — George começou a dizer —, só estamos fazendo isso pela sua segurança.

Aquiesci.

— Já está quase de noite — Polly disse em meio às lágrimas.

Clara colocou as mãos nos meus ombros.

— Eles vão ter comida e roupas para você lá. As coisas estão melhores no País de Gales.

Balancei a cabeça, mordendo os lábios. Olhei para cima e vi o general caminhando na minha direção, usando um uniforme do exército e puxando o cavalo dele pelas rédeas. Ele carregava duas armas.

— Sinto muito — ele me disse. — Estive presente nos batizados de vocês três. Seu pai era um bom homem, princesa, e foi uma honra servi-lo

— ele balançou a cabeça lentamente, olhando para cima, para o céu que escurecia. — Devemos ir. Temos um longo caminho pela frente.

Concordei de novo. Queria dizer alguma coisa, mas minha voz estava presa na garganta.

Polly me abraçou com tanta força que cambaleei para trás. Clara e George deram adeus em seguida, mas eu não podia olhá-los nos olhos. As duas pessoas de quem eu mais queria me despedir nem sequer estavam ali. E até que eu chegasse ao País de Gales, elas estariam mortas.

Montei em Calígula. Do alto da égua pude ver que as tropas de Resistência pareciam estar debandando.

— O que eles vão fazer agora? — eu perguntei para o general.

— Eles vão se entregar. Estas pessoas têm crianças pequenas e pais idosos de quem precisam cuidar. Elas não querem sacrificar a própria vida se não há chance — ele olhou para mim com tristeza. — Sinto muito as coisas terem chegado a esse ponto, princesa. Nunca pensei que um dia veria a Inglaterra ser tomada por um ditador, nem mesmo nos meus piores pesadelos.

Olhei para o exército debandando: homens e mulheres choravam, se abraçavam e se despediam. Aquela era a última esperança da Inglaterra, e agora tudo tinha acabado. Eu estava vendo o fim antes mesmo de ele chegar. Estávamos nos rendendo ao reino de terror de Cornelius Hollister.

Segurei Calígula com firmeza, piscando rápido para segurar as lágrimas. Eu entendia a escolha deles. Por que eles arriscariam a própria vida se eu não estava arriscando a minha? Por mais que quisessem uma Inglaterra livre, eles queriam mais ainda ficar vivos. Passar a vida ao lado das pessoas que amavam, ao lado da família. Aquilo era o que eu mais queria no mundo também. E, no entanto, tinha uma voz dentro de mim que gritava: *Não acabou. Não ainda.*

Olhei para os olhos cansados do general.

— Com todo o respeito, general, não posso seguir suas ordens. Não vou para o País de Gales. Vou ficar, e vou lutar, mesmo que isso signifique que serei a única a fazê-lo.

Polly se engasgou. Uma lenta onda de preocupação se espalhou pelo rosto do general.

— Eliza, você precisa ir! — Clara protestou. — É o único jeito de você estar segura.

— Eu não tenho que fazer nada! — eu gritei. Lembrei-me de Mary me confrontando na Torre de Aço, tomando uma decisão difícil quando eu não tive capacidade de tomá-la. — Meus irmãos estão presos, o que faz de mim a realeza operante. Não aceito ordens de ninguém. Agora, vocês podem se juntar a mim na minha luta ou se render a Hollister.

Antes que qualquer pessoa pudesse proferir qualquer palavra, apertei as costelas de Calígula e ela começou a trotar na direção dos soldados. Endireitei o corpo, jogando os ombros para trás, e olhei para o exército, bloqueando-lhes a passagem antes que debandassem por completo.

— Por favor! Esperem! Eu sei que os riscos são grandes, mas, por favor, por favor, não desistam agora.

A multidão começou a cochichar entre si enquanto eu me aproximava. Os sussurros e murmúrios aumentaram rapidamente de volume.

— É Eliza Windsor! — uma das mulheres gritou, apontando para mim do meio da multidão.

— A princesa!

— Ela está viva!

— Sim, estou viva — eu gritei —, e não vou ficar sentada assistindo ao meu amado país ser destruído. Se vocês quiserem lutar, eu também quero!

Troquei olhares com várias pessoas na multidão: uma mãe com uma menininha no colo, um pai com dois garotos.

— Peço desculpas a todas as pessoas na Inglaterra que passaram fome enquanto tínhamos comida extra no palácio. Nós deveríamos tê-los convidado a entrar, deveríamos ter dividido cada pedaço do alimento que possuíamos com vocês — eu engoli em seco, fazendo uma pausa enquanto meus olhos percorriam os rostos daquelas pessoas. — Por favor, perdoem minha família. E me perdoem também. Eu nunca soube o que era passar fome, não ter onde dormir, estar sozinha, mas agora eu sei, e vou lutar para ter certeza de que nenhum dos cidadãos da Inglaterra tenha que ficar sem comida ou abrigo novamente.

A multidão ficou em silêncio. Meus olhos pulavam nervosamente de rosto em rosto. Agora que não estava mais falando, podia ouvir as batidas do meu coração.

— Eu ainda quero lutar contra eles — um velho fazendeiro gritou. — Eles queimaram minha casa enquanto minha mulher dormia lá dentro. Ela morreu.

Mais pessoas começaram a partilhar histórias sobre pilhagens e assassinatos cometidos pelo exército de Hollister, até que o exército inteiro parecia estar gritando.

— Se a princesa vai se juntar às tropas — o general disse, se aproximando montado no cavalo dele —, então eu também vou!

O exército rugiu em aprovação, brandindo alto as armas que ainda seguravam.

— Podemos ser poucos, nossas armas podem ser velhas, mas temos a verdade e a bondade ao nosso lado — eu gritei. — E o desejo de viver em um mundo melhor. Quem quiser se unir a nós, pegue suas armas e nos encontre aqui ao raiar do sol. Depois seguiremos para Newcastle!

28

O CÉU AO AMANHECER ESTAVA CINZA. ENQUANTO NOS preparávamos para a batalha, os soldados se despediam dos entes queridos. Uma mãe chorosa dava adeus à filha pequena. Um pai velhinho dava sua faca de caça para o filho adolescente.

Fiquei feliz ao ver Eoghan, nosso antigo cavalariço. A mulher dele tinha morrido muitos anos atrás, deixando-o com dois filhos pequenos. Mas, apesar de também me doer vê-lo deixar os filhos sob os cuidados da avó enquanto arriscava a vida em uma batalha, eu ficava agradecida a cada rosto familiar que se juntava à minha luta.

Uma pequena figura montada em uma égua ruiva trotou até mim.

— O que você está fazendo aqui, Polly? — eu perguntei.

— Eu vou com você — ela respondeu.

— Polly...

— O país também é meu, Eliza. Eu quero lutar — e, dizendo isso, Polly se juntou à linha de frente das tropas, onde ficavam os homens mais fortes. Não consegui esconder minha preocupação. Ela era tão pequena! Uma pitada de menina cavalgando em uma égua frágil. Respirei fundo, olhando para o céu. *Por favor, mantenha-a em segurança, eu pedi. Por favor, mantenha todos nós em segurança.*

O ar fresco da manhã soprou sobre nós enquanto cavalgávamos no lusco-fusco da manhã rumo a Newcastle. A cidade tinha o maior número de minas de carvão em funcionamento no país, e possuía um estratégico porto fluvial. Sem ela, o general explicou, seria muito difícil para Hollister conquistar o norte.

Nós sabíamos que o exército dele era grande, mas tínhamos o elemento surpresa a nosso favor. Eles não podiam imaginar quanto nosso exército tinha crescido, quantos recrutas novos tinham se voluntariado naquele amanhecer do lado de fora dos portões do castelo, ansiosos por se unirem à luta. Ainda assim, enquanto olhava por sobre o ombro para as tropas a cavalo, eu desejava que tivéssemos mais homens e mulheres ao nosso lado.

Calígula tomou a frente, com o general logo atrás de nós. Ele tinha mapeado o caminho com os lugares e vilarejos com estalagens ou poços onde poderíamos parar para descansar e dar de beber para os cavalos. Por mais que o tempo tivesse sido bom durante o dia, a noite estava fria, e a temperatura ia baixando rapidamente à medida que o sol se punha.

Eu sabia que estaríamos em menor número, mas tinha fé nas táticas do general. Ele estava mandando tropas de guerrilha na frente, a fim de emboscarem a primeira linha de defesa da Nova Guarda, na expectativa de enfraquecer significativamente as forças de Hollister antes da batalha em Newcastle.

Enquanto saíamos de um túnel perto da cidade de Baddoch, vimos um bando de cavaleiros na estrada. Puxei as rédeas de Calígula com firmeza e todos atrás de mim diminuíram a velocidade.

— O que está acontecendo? — eu perguntei para Eoghan, que tinha parado ao meu lado.

— Não sei, mas esteja preparada para lutar — ele apertou os olhos, tentando enxergar algo na escuridão. Tudo o que dava para ver na estrada à nossa frente eram as chamas amarelas nas lamparinas dos cavaleiros.

— Preparar armas — o general ordenou, e o ar se encheu com o som de armas sendo engatilhadas, espadas, desembainhadas, e de flechas sendo colocadas nos arcos. Segurei firme na minha espada.

O meu forte era cavalgar, mas, ao ter de encarar uma estrada bloqueada por homens a cavalo, eu não tinha certeza sobre que tática usar. Nossas tropas deveriam ir com tudo para cima deles? Ou deveríamos usar uma abordagem mais pacífica?

Eoghan se movimentava lentamente à minha esquerda, a arma em punho. — Estou na sua cobertura — ele disse, virando-se para mim.

— Também estou na sua — eu disse, apesar de estar preocupada.

Quando nos aproximamos do grande grupo de cavaleiros, me preparei mentalmente para o pior.

— Um tiro, um movimento ofensivo, e partimos para cima — o general disse com voz baixa.

— Espere atrás de nós — Eoghan me instruiu, e eu segurei as rédeas de Calígula, deixando ele e o general saírem na frente, na direção das luzes.

— Quem está aí? — o general perguntou com um traço de preocupação na voz.

— Viemos nos juntar às tropas de Resistência — uma figura respondeu. Olhei bem na escuridão e vi um homem barbado montado em um cavalo escuro.

— Vocês estão aqui para se juntar à Resistência? — o general perguntou. — Estão armados?

— Juntamos o que pudemos — o homem respondeu. — Alguns de nós têm armas. Em geral, temos cassetetes de metal e alguns canos de chumbo.

Resolvi tomar à frente e acolher o grupo de novos recrutas.

— Agradecemos toda e qualquer ajuda. Por favor, juntem-se a nós.

As tropas comemoraram alto enquanto os novos recrutas se juntavam às nossas fileiras. Levei Calígula para circular em volta do grupo, procurando Polly. Queria ver a expressão no rosto dela. Com a chegada dos novos voluntários, nosso exército havia quase duplicado de tamanho.

Ela estava no meio de uma multidão. Calígula abriu caminho facilmente entre as pessoas e pude levar minha amiga para a frente comigo, inclinando-me para abraçá-la e sentindo de novo como ela era pequenina. As costelas de Polly apareciam sob a camisa que ela estava usando. Ao ver isso, me veio à mente a imagem horrível de uma sevilhana atingindo-a, e desejei ter algum tipo de armadura para ela.

George cavalgava ao lado da filha.

— Olhe tudo isso, pai — ela comentou com um sorriso orgulhoso nos lábios. Ele sorriu de volta, mas era um sorriso fraco, em que demonstrava claramente estar preocupado com o fato de Polly e eu estarmos no meio do combate.

— Quietos, por favor — o general pediu. Então o silêncio caiu sobre todos. — Quem não tiver armas nem cavalos — ele continuou —, pode se juntar às tropas de guerrilha, cuja missão é distrair e dividir o inimigo da maneira que puderem. As armas de vocês serão qualquer coisa que encontrarem: cordas, pedras, sevilhanas roubadas. Mas mais do que tudo: seus cérebros. Nós apreciamos cada um de vocês, mas essa é uma tarefa perigosa e quero que vocês saibam dos riscos antes de decidirem realmente se juntar a nós. Ao contrário de Hollister, não forçamos ninguém a entrar para nosso exército.

Outra onda de aplausos e comemorações contaminava o grupo a cada homem e mulher que se juntava a nós.

Quando chegamos à região sul, o mesmo acontecia em cada cidade e vilarejo de que nos aproximávamos. Do antigo posto do exército de Blackburn vieram grupos de centenas, talvez mil voluntários, todos montados a cavalo e armados. Na cidade de Clavern, a maioria era jovem ou velha demais para lutar, mas eles ficaram ao lado da estrada para nos entregar pacotes de comida, cantis de água e nos incentivar a seguir em frente. Novos recrutas, em grupos de dois, quatro ou vinte pessoas, apareciam nos centros das cidades, nas bifurcações das estradas, nos cruzamentos e embaixo de pontes. E os números do nosso exército começaram a crescer.

Na terceira manhã, os arcos de metal da ponte de Tyne — uma proeza da engenharia que, contra todas as expectativas, sobrevivera aos Dezessete Dias — já eram visíveis na luz suave e acinzentada. Tínhamos chegado a Newcastle. Olhei por sobre o ombro para os homens e mulheres determinados e unidos por uma única causa e me perguntei se estávamos marchando para a morte.

Assim que nossos batedores inspecionaram a paisagem em volta e as estradas que levavam até a cidade na direção do exército de Hollister, o general Wallace anunciou que nos dividiríamos em quatro grupos. Iríamos cercar a cidade por todos os lados e atacar de uma só vez, ao soar de um sinal. — Espadas na mão e armas engatilhadas — ele disse. — Agora mexam-se. Rápido. A surpresa é nossa maior vantagem!

Não por acidente, Eoghan ficou no mesmo grupo que Polly e eu. Subimos a colina do lado de fora da cidade rapidamente, e quando chegamos ao topo, Eoghan me passou um par de binóculos. Pude ver os soldados de Hollister, a maioria ainda dormindo, mas alguns já começando a acender o fogo para preparar o café da manhã. Eles estavam desarmados, e os cavalos, ainda amarrados. Calígula se movia nervosamente embaixo de mim, e eu sabia que ela sentia que a hora da batalha estava se aproximando.

— Shhhh — eu sussurrei para ela, passando-lhe a mão no pescoço para acalmá-la.

E então soou o sinal. Era hora de ir.

Respirei fundo. Soltei as rédeas da égua e empunhei a espada com firmeza. Eoghan fez um sinal com a cabeça e disparamos como se fôssemos um só. Senti de repente que eu fazia parte de algo muito maior que eu, como se estivesse sendo levada por uma maré forte. Eu vi o choque — e o medo — no rosto dos nossos inimigos enquanto eles corriam para procurar as armas antes que nossa tropa varresse o acampamento deles como uma onda.

Alguns acharam rifles e começaram a atirar. Uma bala passou cortando o ar, errando minha cabeça por milímetros e quase me cortando a orelha. Abaixei a cabeça, encostando-a na crina de Calígula. Os cascos dela eram um borrão. Quando nossas tropas se chocaram com as de Hollister, tudo virou um caos.

Calígula e eu nos movíamos como se fôssemos um único ser. Depois da nossa longa jornada para a Escócia, em que a cavalguei sem sela, ela estava tão atenta aos meus mínimos movimentos e mudanças de peso que tudo que eu precisava fazer era pensar em algo que ela parecia entender o que eu queria. Ela sabia quando girar e quando parar, deixando-me livre para me concentrar na espada na minha mão direita.

Eu golpeava e bloqueava, sempre consciente de Eoghan à minha esquerda e de Polly à minha direita. Eoghan era um trunfo incrível. Ele estava roubando as armas da maioria dos soldados que matava, acumulando para nós uma grande coleção de sevilhanas e pistolas.

Olhei na direção das tendas, onde o exército de Hollister estava no meio do caos. A maior parte dos cavalos de guerra ainda estava amarrada — os soldados não deviam ter tido tempo de selá-los com toda aquela armadura complicada e apetrechos de metal. Eu queria soltá-los. Isso iria destruir a cavalaria de Hollister. Além disso, aqueles animais mereciam viver como Calígula: livres e sem dor.

Calígula parecia relutante em se mover na direção deles, mas ela fez o que eu queria e se aproximou do local onde os animais estavam enfileirados. Inclinei-me e puxei estaca por estaca, arrancando-as da terra como raízes entranhadas. Os cavalos grunhiram e correram em todas as direções. Um deles, todo branco e com olhos vermelhos raivosos, se virou e topou com um soldado segurando arreios e correndo na sua direção. O animal o pisoteou até a morte.

Nesse momento, um dos soldados se aproximou de mim com uma arma na mão. Ele a levantou e pude ver que mirava diretamente na minha testa. Agarrei a espada, mas sabia que estaria morta antes de acertá-lo, pois ele já estava perto demais.

Tudo aconteceu ao mesmo tempo: ele atirou enquanto Calígula virava de costas para coiceá-lo. Ela se movimentou rápido, derrubando o soldado, enquanto o tiro fazia um barulho em algum lugar atrás da minha cabeça. O homem caído, meio dobrado sobre si mesmo, parecia ainda estar respirando. Ainda montada em Calígula, dei meia-volta e retornei à batalha, incapaz de me forçar a acabar com ele.

Meus olhos encontraram os de Polly. Ela parecia tão pequena e indefesa em cima da égua ruiva e alta! Onde estava Eoghan? Então a vi se inclinar, ajudando alguém que tinha caído no chão, ficando completamente indefesa. Percebi que era George. Ele tinha sido ferido. Corri com Calígula na direção dela, a espada em riste.

Mas outro cavaleiro também estava correndo na direção de Polly. Ele se aproximou por trás dela, mirando a sevilhana na parte de trás da cabeça dela.

— Polly! — eu gritei, mas ela não me ouviu. Disparei na direção dela, atingindo inimigos à esquerda e à direita, tentando abrir caminho no meio da batalha. Tudo em que eu conseguia pensar era em chegar até minha amiga.

Bem a tempo, consegui saltar na frente dela e bloquear o ataque do cavaleiro. Ele ficou tentando me acertar, mas eu revidava todos os golpes, alimentada por um feroz instinto protetor. Até que um dos meus golpes o atingiu com tanta forca que ele tombou para trás, caindo do cavalo.

Olhei para Polly. Ela estava puxando o pai para a própria sela, completamente alheia ao que tinha acabado de acontecer. Mesmo no meio de tudo aquilo, senti uma pontada de tristeza e inveja. Eu queria poder ter feito o mesmo pelo meu pai quando ele caiu sangrando no chão.

Era meio-dia quando a Nova Guarda bateu em retirada, fugindo para as estradas em direção a Londres. As forças de Resistência tinham sofrido alguns ferimentos, mas pouquíssimas baixas. Exaustos, mas animados, seguimos também para Londres, a fim de lutar a próxima batalha.

Cavalgávamos devagar pelos caminhos sinuosos e estreitos da floresta, evitando a rodovia. A cada pequena cidade por que passávamos, grupos de pessoas acenavam para nós, nos encorajando. Rumores sobre nossa vitória já tinham se espalhado. Onde quer que fôssemos, as pessoas nos ofereciam comida, cobertores e alimento para os cavalos.

Em um vilarejo, sentamo-nos no gramado do lado de fora de uma taverna, cercados por um murmúrio de animação, enquanto o dono do estabelecimento nos oferecia copos de água e de cerveja gelada. Apesar de eu querer me unir às celebrações, um peso no coração me impedia: eu não conseguia me livrar da imagem de cordas sendo colocadas no pescoço dos meus irmãos. Estávamos na quarta-feira. Em poucos dias eles estariam mortos e Cornelius Hollister se coroaria rei.

Senti alguém me tocar no ombro. Era uma menininha de uns 5 ou 6 anos. Ela estava descalça e usava um sujo vestido branco de verão.

— Princesa Eliza? — ela disse fazendo uma reverência, segurando os dois lados do vestido enquanto baixava a cabeça. O cabelo louro dela era tão fino que os raios do sol passavam através dele. — Para você — ela disse, tirando uma pequena caixa azul-marinho do bolso e estendendo-a para mim.

Consegui dar um sorriso fraco.

— Obrigada.

Com outra reverência, ela se afastou, desaparecendo na multidão.

Olhei para a caixinha, segurando-a com a ponta dos dedos. Minha curiosidade venceu e eu abri a caixa. Era um relicário, e eu engasguei quando a luz iluminou o ouro. Parecia idêntico ao que eu tinha usado a maior parte da minha vida. Com dedos trêmulos, eu o abri. Eu não ousava ter esperanças quanto ao que iria encontrar dentro dele.

Uma lágrima brotou nos meus olhos e escorregou pelas minhas bochechas. Eu conhecia aquela foto bem demais. O cabelo longo e escuro, os melancólicos olhos azuis-claros. Era minha mãe.

Levantei o olhar em busca da garota, para perguntar onde ela tinha conseguido aquilo, mas ela havia sumido. Era impossível — um milagre, na verdade — pensar que meu relicário tinha sido trocado pelos Coletores e refeito o caminho para o interior da Escócia e de volta para mim. *Como?* Mas quando o pendurei no pescoço, enfiando-o cuidadosamente por baixo da camisa, comecei a sentir leves pontadas de esperança. Se a foto da minha mãe, contra todas as expectativas, havia conseguido encontrar o caminho de volta para mim, então talvez minha família também pudesse encontrar o caminho de volta para casa.

Cavalgamos dia e noite, e cada vez mais voluntários por toda a Escócia se juntavam a nós. Rumores sobre a execução em breve dos meus irmãos e sobre nossa recente vitória tinham se espalhado rapidamente. Quando alcançamos os arredores de Londres na sexta-feira à noite, tínhamos ganhado o reforço de milhares de homens e mulheres. Possuíamos, finalmente, um exército de verdade.

Ao contornarmos o sopé de uma montanha, olhei para trás, para a fila de cavaleiros atrás de mim, tão longa que desaparecia ao longe. Pela primeira vez, acreditei que podíamos ter uma chance na luta.

29

A NOITE ESTAVA BEM ESCURA. A LUA COBERTA DE NUVENS ameaçava chuva. Um vento forte e excessivamente frio soprava do norte. Bem longe, sobre as montanhas, riscos de fogo acendiam o céu e desapareciam ao atingir o chão. Cavalgamos por caminhos estreitos da floresta até que o general nos levou a uma clareira deserta, onde havia apenas casas queimadas e abandonadas. Fios elétricos soltos, agora inofensivos, se agitavam nas rajadas de vento. Nós desmontamos e levamos os cavalos por uma porta do que parecia ter sido uma casa de tijolos.

Na parede de entrada, uma fileira de ganchos, cada um deles etiquetado com o nome de uma criança, pendia de uma fileira de nichos de madeira. Percebi que estávamos em uma escola abandonada. Os banheiros eram baixos e pequenos, as lousas estavam cobertas de poeira, e filas de pequenas carteiras e cadeiras estavam quebradas e tombadas. Atrás da escola havia um jardim cercado, onde as tropas de guerrilha e de solo montaram tendas de dormir e de enfermaria.

Uma tenda branca se destacava: era onde Clara cuidava dos feridos. O pior era um homem que havia sido atingido por uma sevilhana. Ele estava deitado na tenda, rangendo os dentes, enquanto Clara extraía a arma suja de sangue do abdome dele.

Nós nos juntamos na tenda principal, onde canecas com água quente e algumas poucas folhas de chá eram distribuídas. O general Wallace estava sentado ao lado do rádio. A animação de antes havia virado exaustão e eu tinha medo do que ia ouvir. Uma nova voz surgiu das ondas do rádio, uma voz que imediatamente reconheci como sendo de Cornelius Hollister.

— Nossas perdas recentes na Batalha de Newcastle não vão nos derrotar. A execução dos Windsor remanescentes acontecerá como planejada, no domingo de manhã, seguida pela minha imediata coroação como rei da Inglaterra.

Um silêncio repleto de medo caiu sobre as tropas de Resistência ao ouvir aquelas palavras. Até mesmo a voz de Hollister soava maligna e ameaçadora.

O general Wallace rapidamente desligou o rádio.

— Não o deixem assustar vocês. Nós vencemos a batalha em Newcastle e amanhã faremos o mesmo. Vamos marchar para Londres juntos e atacar a Torre. Mas agora precisamos descansar.

Os soldados se recolheram na área de dormir, onde tiraram as botas e checaram as armas, escondendo-as embaixo das cobertas. Deitei ao lado de Polly em uma lona, apoiando a cabeça no ombro dela. Era uma noite fria, mas a tenda estava quente com o calor das pessoas e das fogueiras que ainda queimavam em volta do acampamento. Logo os soldados pararam de se mexer e passaram a respirar pesadamente.

— Você deve ter tanto orgulho do seu pai — eu disse para Polly. — Ele ajudou a começar todo esse exército da Resistência.

— Tenho sim — ela respondeu meio sonolenta. — E tenho orgulho de você também, Eliza. Você podia estar dormindo em uma cama de verdade agora, sob um teto de verdade, a salvo. Você podia ter ido para o País de Gales. Mas você escolheu ficar e lutar.

Olhei para cima, para o céu sem estrelas, pensando em Mary e em Jamie. Meu maior medo era que chegássemos tarde demais para salvá-los.

— Eu queria que o povo britânico tivesse mais orgulho do meu pai — sussurrei. Eu nunca tinha falado em voz alta aquelas palavras antes, e senti uma dor no coração ao dizê-las. — Eu queria que eu mesma tivesse mais orgulho do meu pai. O legado dele foi um país destruído. Mesmo que a Inglaterra sobreviva a tudo isso, ele sempre será lembrado como o rei que quase nos fez perder tudo — então me lembrei de uma noite na última primavera, durante uma reunião no Palácio de Buckingham com todos os chefes de governo. Mary e eu estávamos servindo aperitivos e taças de vinho tinto e branco, brincando de anfitriãs. Era o que a gente mais gostava de fazer nas festas do palácio. Uma discussão irrompeu entre o primeiro ministro, Charles Bellson, e meu pai. O primeiro-ministro estava tentando avisá-lo de um "problema crescente", enquanto meu pai se manteve sentado no sofá, fumando charuto e bebericando vinho *vintage*. "Isso é um absurdo. Vamos mudar de assunto", meu pai disse.

O primeiro-ministro estava tentando convencê-lo a entregar a última parte das terras em torno de Balmoral. Papai costumava chamá-las de "o Bosque de Mary". Diziam que havia petróleo e cádmio no solo, mas que a floresta seria arruinada no processo de extração. Meu pai se levantou, quase com lágrimas nos olhos. O bosque era uma das últimas propriedades particulares da Família Real. Não pertenciam ao Estado inglês. E entregá-las seria admitir a derrota. Meu pai não estava disposto a fazer aquilo. Ele se virou para o primeiro-ministro e disse: "Por favor, você está estragando a festa."

Polly apertou minha mão.

— Ele era um homem bom e gentil. Só não queria começar uma guerra. E os Dezessete Dias não tiveram nada a ver com ele. Ele não fazia ideia do que iria acontecer — ninguém fazia.

— Eu sei — eu disse. *Talvez ele não tivesse sido o melhor rei, pensei, mas era um bom homem e um bom pai. Não são apenas soldados que morrem nas guerras,* ele costumava dizer, *os civis também morrem.* Crianças, mães, pais, avós. Não existia uma guerra segura, e por isso talvez ele nunca tenha começado uma contra Cornelius Hollister. — Mas eu queria que minha família tivesse feito mais.

— *Vocês* farão — Polly murmurou. — Mary vai ser uma ótima rainha, e você é a melhor princesa que este país já viu. Agora durma um pouco. Precisamos estar de pé daqui a poucas horas — e dizendo isso ela virou de lado, puxando os cobertores até o queixo. Logo ouvi o som constante e baixo da respiração dela.

Eu me sentia exausta, meu corpo estava pesado como chumbo, mas quando fechava os olhos me descobria incapaz de dormir. A execução dos meus irmãos aconteceria em questão de horas. Peguei o suéter que estava usando como travesseiro e amarrei as botas, me mexendo com cuidado para não acordar Polly. Andei na ponta dos pés até a porta. Cada um daqueles homens e mulheres tinha um coração batendo no peito. Cada um deles era mãe ou pai de alguém, irmã ou irmão, filha ou filho. E cada um deles era amado profundamente do jeito que eu amava Mary e Jamie.

Caminhei rápido na direção do ar frio da noite, respirando profundamente, com esperança de tirar a preocupação da cabeça. A batalha, a invasão da Torre de Aço, deixar nossas tropas vivas, tirar Mary e Jamie de lá. Tínhamos vencido a Batalha de Newcastle, mas eu sabia que as forças verdadeiras de Hollister estavam nos esperando em Londres. Cobri o rosto com as mãos, tentando chorar. Eu precisava de algum tipo de alívio.

Vi um brilho no escuro, a chama de um fósforo se mexendo para acender uma tocha. O rosto de Eoghan apareceu na escuridão.

— Você está bem? — ele perguntou, virando a cabeça para mim.

Fiquei feliz em vê-lo.

— Estou bem — eu respondi, tremendo por causa do ar frio da noite. — Não consigo dormir, só isso.

— Tome — Eoghan colocou o casaco dele sobre meus ombros. — Isto vai esquentá-la.

Senti o toque quente e tranquilizador da mão dele através do tecido do casaco, e ele se sentou ao meu lado no muro quebrado de pedras.

— Acordou preocupada? — Eoghan continuou falando. — Isso acontece toda hora comigo.

Olhei para ele. Os olhos castanhos de Eoghan brilhavam com a luz dançante da tocha.

— Entendo agora por que meu pai nunca quis começar uma guerra — eu disse suavemente. — Pessoas vão ser mortas amanhã. Pessoas que são amadas, respeitadas e *necessárias*. Por minha causa.

Eoghan desviou o olhar.

— Quando eu era jovem, minha mãe me mandou para a escola dominical. Eles nos ensinaram sobre Céu e Inferno — ele fechou mais a jaqueta; sua respiração era visível no ar frio da noite. — Mas quando meu filho nasceu, ele veio ao mundo muito doente. Os médicos disseram que ele não sobreviveria. Eu o segurei nos braços, apenas rezando para que vivesse. Pela primeira semana eu quase não o larguei. Ele era tão pequeno! Eu me lembro de pensar que tipo de mundo é esse onde você pode amar tanto alguém só para perdê-lo para sempre. Foi quando percebi que o Céu não existe em outro lugar, nem o Inferno. É tudo aqui na Terra. Nós vivemos os dois, bem aqui, uns com os outros. Só que às vezes temos que passar pelo Inferno para chegar ao Céu.

Os olhos dele brilharam na luz do fogo.

— Estamos todos aqui porque queremos estar. Cada um desses homens e mulheres sabe dos riscos e está disposto a morrer por uma causa. Pela *sua* causa. Tenha fé nas suas tropas, tenha fé no seu país. E, mais do que tudo: tenha fé em você mesma — Eoghan fez uma pausa. — Sei que você pode não ter fé neste momento. Mas, até que recobre a sua, acredite em mim quando digo que *sei* que estamos fazendo a coisa certa.

30

O CÉU E O CONCRETO CINZA SE CONFUNDIAM NA ESCURIDÃO do fim da madrugada, quando cavalgávamos silenciosamente rumo a Londres. Ao longe, a Torre de Aço se erguia no horizonte da cidade. O general nos fez parar, esforçando-se para ver pelos binóculos o que tínhamos à frente na estrada que levava à Torre.

— As estradas parecem limpas — ele disse, a testa franzida com ceticismo. — As forças de Hollister parecem ter ido para o sul. Eles estão lutando contra um outro grupo de tropas de Resistência que está vindo de lá.

Olhei para Eoghan e Polly. Eles pareciam visivelmente aliviados ao descobrir que não estávamos sozinhos. O general tinha ouvido no rádio que batalhas tinham sido travadas no sul por outras forças de Resistência, e que o exército de Hollister tinha sofrido perdas consideráveis. Eu me sentia esperançosa, mas sabia que não podia subestimar Cornelius Hollister.

O general reuniu as tropas, dando as últimas instruções para a batalha.

— Vamos nos dividir em dois grupos. Eu vou liderar a cavalaria para a Torre e a infantaria vai lutar contra as tropas ao sul.

Olhei para trás, para os milhares de soldados que se espalhavam como um mar. A Torre estava tão perto! Tínhamos chegado tão longe!

— Eu fico com você — Eoghan disse para mim.

— Tudo limpo! — os soldados que estavam de vigia gritaram enquanto cavalgavam na nossa direção.

O general olhou em volta. Eu esperava ansiosamente, tentando ler a expressão no rosto dele, mas o general parecia, mais do que qualquer outra coisa, exausto.

— Atacar a Torre! — ele finalmente gritou.

A brigada de cavalos atravessou o Tâmisa. As estradas estavam limpas, então cavalgamos sem encontrar oposição na direção da Tower Bridge. Quando chegamos à Torre, encontramos a ponte levadiça abaixada. Diminuí o passo de Calígula. A cavalaria já estava atravessando, seguindo o comando do general de invadir a Torre Branca primeiro. Eoghan desapareceu lá dentro, seguido por Polly e George, que foram os primeiros a entrar.

— Esperem! — eu gritei para as tropas. A ponte nunca era deixada abaixada. Alguma coisa estava errada. — Voltem! Voltem!

Mas era tarde demais. Minha voz se perdeu em meio ao som do galope dos cavalos atravessando a ponte que rangia. Voltar não era mais uma opção.

— Calígula, em frente — e dizendo isso a cutuquei na altura das costelas. Ela sentiu meu medo de atravessar a ponte, mas seguiu em frente, com cautela.

De repente, a ponte começou a se mexer sob nossos pés. Dentro da Torre, alarmes ecoaram, sinalizando que a ponte estava sendo içada. Calígula tentou manter o passo, mas a ponte estava levantando rapidamente e ela escorregou para trás.

Larguei as rédeas, segurando no pescoço de Calígula, confiando completamente nela. A égua dobrou as patas dianteiras e disparou, as patas de trás esticadas enquanto ela pulava, atravessando o buraco que se alargava a cada momento. Ela aterrissou pesadamente nas patas da frente e deslizou pela rampa que o outro lado da ponte formou.

Cavalgamos pelos portões abertos, passamos pela Torre do Sino, pela Torre Branca, e entramos na Torre Verde, o jardim interno cercado onde, ao longo da história, a aristocracia tinha sido executada. Ouvi um som alto. Olhei para trás e vi os portões, conhecidos como Portões dos Traidores, se fechando atrás de nós. Estávamos presos dentro daqueles muros.

Aproximei-me do general Wallace. Ele estava olhando freneticamente de um lado para o outro da Torre, para os portões fechados. Eu sabia o que ele estava pensando. Precisávamos de mais tropas para ganhar e, para sairmos vivos de lá, precisávamos de uma rota de fuga. Sem aviso, os homens de Hollister nos atacaram, vindos de todas as direções.

Desembainhei minha espada enquanto uma menina mascarada e de armadura, montada em um cavalo, se aproximou para me atacar. Ela não tinha uma sevilhana, mas desferiu um golpe com uma espada longa a poucos centímetros do meu pescoço. Calígula se virou e passou correndo por ela. Então um violento som de trovão e uma chuva repentina transformaram o pátio em um lamaçal. A chuva caía pesada, como um véu, tornando difícil distinguir amigos de inimigos.

Os feridos caíam dos cavalos e corriam para se abrigar dentro da Torre, o que era um erro fatal: eles nunca conseguiriam sair de lá. Ouvi alguém gritando à minha direita. Quando olhei, vi a garota de armadura vindo de novo na minha direção, o cabelo louro saindo por baixo do elmo. *Portia*. Ergui a espada, segurando-a com as duas mãos. Calígula deu um giro. Então fiquei de pé nos estribos e baixei a espada com força no ombro de Portia. A pancada mal a intimidou: ela se recuperou, levantou a espada e veio na minha direção outra vez.

Polly apareceu do meu lado, batendo em Portia. A pequena égua ruiva da minha amiga não era páreo para o cavalo de guerra de Portia, mas, como tinha o elemento surpresa a seu favor, acabou desequilibrando a filha de Hollister. Os olhos de Portia se arregalaram, em choque, e ela acabou caindo do cavalo.

— Polly! — eu gritei. Ela sorriu para mim, e o rosto todo dela se iluminou de prazer. Então se virou para voltar para a batalha no exato momento em que uma adaga cruzou o ar e se cravou nas costas dela. Dor e susto brotaram do rosto da minha amiga. Ela estendeu a mão lentamente para trás, apalpando a adaga. As pálpebras de Polly tremeram e se fecharam enquanto ela caía no chão.

Vi o sorriso triunfante de Portia, que estava agachada no chão lamacento. Não parei para pensar. Um som alto de campainha me atingiu os ouvidos, ou talvez fosse o rugido de Calígula enquanto abria caminho e atacava Portia em cheio. Com os olhos turvos pelo ódio, eu a golpeei com a espada, mas sem ter certeza de tê-la acertado. Mas, com um grito de dor, Portia recuou, cambaleando para trás como um caranguejo. Ela olhou para mim quando alcançou uma área para se proteger.

Eu não tinha tempo de persegui-la. Saltei de Calígula e corri até Polly. Ela estava deitada na lama, em um dos cantos do campo de batalha, os olhos ainda fechados. A cor tinha desaparecido por completo do seu rosto e lábios. Ajoelhei-me ao seu lado e coloquei a cabeça dela no meu colo. A pele de Polly estava fria e molhada de chuva. A adaga lhe tinha atravessado as costelas do lado direito do corpo. Eu a retirei com cuidado. O sangue jorrava e se misturava à água da chuva.

— Continue respirando — eu disse, segurando as mãos dela nas minhas. — Continue respirando, Polly, por favor!

Gritei por ajuda, berrando debaixo da chuva, em meio àquele mar de cavalos e corpos, com lama espirrando por todos os lados, e espadas e correntes cortando o ar. Mas ninguém veio. A chuva caía com mais força agora, batendo na terra como balas de revólver. Puxei Polly para longe da confusão, para um canto escuro.

Ela emitia um som áspero quando respirava. Eu não podia deixá-la ir. Não podia deixá-la morrer.

— Polly — eu tentei esquentar as mãos dela nas minhas. — Por favor, tente... tente respirar. Eu sei que é doloroso, mas vou arranjar ajuda para você — então corri pelo campo enlameado e encharcado de chuva, procurando algum de nossos soldados.

— Eliza! — Eoghan se colocou entre mim e um soldado que empunhava uma corrente cheia de espetos. A corrente não me acertou por pouco, mas atingiu as costas de Eoghan, arremessando-o para a frente. Ele agarrou na crina do cavalo e atirou no soldado com a outra mão.

— Polly está muito ferida! Precisamos tirá-la daqui — Eoghan se virou ao ouvir minhas palavras e me seguiu para o lugar onde Polly estava deitada. Ela ainda respirava, mas o som áspero da respiração tinha piorado. Olhei para o campo de batalha, aliviada de ver que os portões tinham sido quebrados e abertos.

— Ajude-me a colocá-la em cima de Calígula — eu disse.

— Eu a levo — Eoghan disse isso enquanto colocava Polly na frente dele na sela. — Você segue a gente.

Do outro lado do campo, o general chamava as tropas para baterem em retirada. Qualquer um que conseguisse escapar fugiu pelos portões. O chão estava coberto de corpos de homens e mulheres, as roupas ensopadas de chuva e sujas de lama. Era impossível discernir nossos soldados dos do inimigo. Largados no chão e mutilados, todos pareciam iguais.

Cavalguei atrás de Eoghan na direção do portão. Calígula patinava na lama, a crina escura encharcada. Senti que ela tremia e sabia que estava com frio e cansada, mas pressionei os calcanhares nas costelas da égua, incitando-a a seguir em frente.

— Vamos lá, garota — eu murmurei para ela. A qualquer momento o exército de Hollister iria levantar a ponte levadiça.

Balas e lanças passaram voando por nós na chuva que nos cercava. Então ouvi o tilintar de correntes que denunciava que a ponte estava sendo içada.

— Corra, Calígula! — eu gritei. Estávamos muito perto, a poucos metros de distância. Calígula se preparou para pular, mas sua pata posterior esquerda se movia de maneira estranha. Olhei para trás e vi um longo corte atravessando o flanco da égua. Eu sabia que Clara poderia cuidar daquela ferida quando voltássemos para o acampamento, então continuei forçando-a a seguir em frente.

Mas no exato momento em que ela pulou para atravessar a ponte, um cavaleiro voou pela chuva, nos derrubando de volta para dentro da Torre. Calígula soltou um rugido. Olhei e vi uma lança cravada no flanco já machucado dela.

O cavaleiro veio então na minha direção. Eu vi o cabelo louro, os dentes retos, e ergui a espada para golpeá-lo. Ele bloqueou meu ataque e, de alguma maneira, conseguiu tirar a espada da minha mão. A próxima coisa que vi foi que eu estava no chão, a lâmina dele na minha garganta.

— Quero você viva — Cornelius Hollister arfou através dos dentes brancos e brilhantes.

31

— TRANQUEM-NA NO CALABOUÇO — HOLLISTER ORDENOU para seus homens. Os guardas me agarraram grosseiramente, amarrando minhas mãos atrás das costas e prendendo meus pés com correntes. Então me arrastaram pelo campo de batalha debaixo da chuva torrencial. A última coisa que vi quando me puxaram para a Torre Branca foi Calígula atravessando os portões já quase fechados, a lança ainda cravada no flanco.

A porta foi fechada e as grades de ferro bateram no chão de pedras úmido. Eu estava sozinha no calabouço: uma sala de pedra, com seis metros de altura e sem janelas.

— Ela não vai conseguir escapar desta vez — um dos guardas disse para outro enquanto o som dos passos deles se afastava pelo corredor.

Agarrei as grades e as sacudi em desespero, gritando até ficar rouca, mas as barras de ferro eram sólidas, e ninguém veio em meu auxílio. Finalmente, desabei no chão úmido, exausta. Eu me sentia oca, vazia demais até para chorar. Mary e Jamie iriam morrer em breve. Saber que eu tinha falhado de novo me atingiu como um soco. Tudo que eu queria àquela altura era me despedir deles.

Eu me encolhi e deitei de lado, tremendo de frio, e tirei o relicário do pescoço. Enquanto olhava para a foto da minha mãe, pensei no que Eoghan estava tentando me falar sobre fé. Ele queria que eu acreditasse em alguma coisa. *Eu acredito em várias coisas*, pensei com um sorriso amargo. Eu acreditava que iria morrer amanhã. Acreditava que Cornelius Hollister era mau. E acreditava que nunca mais veria meus irmãos de novo.

Eu não tinha certeza de quanto tempo tinha se passado quando ouvi barulho de chaves e de passos pesados se aproximando da minha cela. Levantei-me depressa, apertando o rosto contra as grades para tentar enxergar na escuridão. A pequena chama amarela de uma vela balançava pelo corredor, ficando cada vez mais perto.

— Olá? — eu chamei. — Olá? — não me importava quem era. Não me importava se alguém estava vindo me matar. Apenas me sentia aliviada de saber que veria outra pessoa antes de tudo terminar. Quem quer que fosse.

O rosto de um guarda, iluminado pela fraca luz da vela, apareceu diante das grades. Era um homem mais velho, o cabelo grisalho e um rosto duro cheio de rugas. Sem falar nada, ele destravou uma pequena abertura entre as grades e me passou uma bandeja com pão e um copo de água.

Depois pigarreou e, mantendo os olhos baixos, leu alto de um pedaço de papel.

— Vim como enviado oficial de Cornelius Hollister para informá-la que amanhã de manhã você será executada ao lado de Mary Windsor e James Windsor. Vim perguntar se você tem algum último pedido — a vela clareou o rosto do homem.

— Rupert? — eu perguntei, hesitante. — É você?

Ele não disse nada, mantendo os olhos fixos no papel que tinha nas mãos.

— Rupert — eu disse de novo, agora tendo a certeza de que era nosso mordomo, um homem que conheci por toda a minha vida. — Você não me reconhece?

— Sinto muito — ele disse por fim, levantando os olhos para encontrar os meus. — Na noite em que assaltaram o palácio, eles mataram meu filho mais novo na minha frente. Disseram que, se eu resistisse, iam matar minha filha também.

— Eles mataram Spencer? — ele era só uma criança, menor ainda do que Jamie. Os dois brincavam juntos nos jardins do palácio, cavando a terra para encontrar minhocas e fazendo corrida de lesmas na sombra do pomar.

— Sua família foi tão boa para mim. Eu queria... Eu queria poder... — ele balançou a cabeça, a voz entrecortada.

— Rupert, você pode me levar até meus irmãos? Por favor? Só quero me despedir deles.

Rupert olhou para mim através das grades. A luz da vela bruxuleava nas cinzas paredes de pedra. Ele balançou a cabeça negativamente e começou a se afastar.

— Sinto muito — eu disse de forma suave. Fiquei olhando para as costas dele. — Sinto muito que ajudar minha família tenha custado a sua.

Ele parou por um momento, então se virou para mim.

— Eu posso tentar, princesa — ele disse por fim. — Não posso prometer nada, mas existem outros como eu, que se mantêm leais ao rei e ao governo livre.

— Por favor, sim. Por favor, tente — eu implorei, minha voz falhando. — Obrigada, Rupert.

Ele destrancou a porta e me levou pelo túnel úmido e labiríntico que levava à Torre Branca e finalmente à Torre de Aço, onde três guardas armados vigiavam a entrada. Eles olharam para mim, surpresos.

— Senhores — Rupert disse quando nos aproximamos dos homens. — Eu preciso falar com você por um momento — os dois guardas mais jovens olharam para o guarda mais velho, que parecia estar no comando. Ele balançou a cabeça em sinal de concordância, e Rupert se inclinou para cochichar-lhe algo no ouvido. O homem balançou a cabeça de novo, lentamente. Pensei ter visto pena nos olhos dele.

— Eliza Windsor vai vir comigo — a voz do homem era gentil, mas não era firme por conta da idade.

Os outros dois se afastaram enquanto o guarda me levava pela escada para o topo da torre. Lembrei-me da última vez que tinha subido aquelas escadas, quando passei escondida atrás da menina que levava chá para Mary. Eu estava cheia de esperança na época, e de certeza de que libertaria Mary e Jamie, e de que todos nós ficaríamos livres. Como eu tinha sido boba em pensar que uma menina como eu podia ser mais esperta que um ditador sádico e seu exército de milhares de soldados.

Nossos passos ecoavam na escada de metal enquanto subíamos cada vez mais para cima. Todas as outras celas pelas quais passamos, celas que um dia estiveram abarrotadas, agora estavam vazias. Cornelius Hollister já tinha executado os outros prisioneiros. Ele estava nos deixando por último. Sombriamente imaginei como ele mataria primeiro Jamie, depois eu, e por fim, em um *grand finale*, ele mataria Mary, a verdadeira rainha da Inglaterra.

Depois ele iria subir na Torre Verde e colocar a Coroa Real sobre a cabeça, então iria levantar os braços e se autoproclamar rei da Inglaterra, enquanto nosso sangue real pingava no cadafalso da Torre Verde.

32

A VELA DO GUARDA JÁ TINHA QUEIMADO QUASE ATÉ O PAVIO quando finalmente chegamos à cela de Mary e Jamie. Eles estavam sentados juntos à pequena mesa, com um prato de comida na frente deles, mas não estavam comendo. Em um ato de generosidade irônica, o prato estava cheio de coisas luxuosas: queijos, frutas e pão macio. Aquela era a última refeição deles.

Parei por um momento no topo da escada, observando-os, incrédula. Talvez fosse um truque da luz, mas Jamie parecia... saudável. As bochechas dele, que há algumas semanas estavam fundas e secas, agora apareciam redondas e cheias. O cabelo estava grosso e brilhante. E ele estava sentado ereto, conversando animadamente com Mary à mesa.

— Você se lembra de quando papai nos levou para pescar, para tentar pegar um peixe para o jantar? E tudo que pescamos foram vairões? — Jamie disse entre risadas.

Mary olhou para cima, os olhos cintilantes. Ela parecia melhor também, como se estivesse dormindo bem.

— E aquela vez que você queria um carrinho de natal? Eliza e eu o colocamos dentro de vinte caixas e você ficou desembalando uma por uma.

— O carrinho ainda está na prateleira do meu quarto... — a voz de Jamie se perdeu. — O que você acha que aconteceu com nossa casa? Você acha que atearam fogo no palácio todo?

— Lembranças boas. Apenas lembranças boas — Mary disse para Jamie, como uma professora fala para um aluno, segurando a mão dele.

Não pude deixar de sorrir. Mesmo na última noite da nossa vida, Mary ainda era a protetora, autoritária e carinhosa irmã mais velha, sempre determinada a separar o bem do mal. É por isso que ela teria sido uma grande rainha. No reino dela, Mary daria um jeito de restaurar as plantações, reconstruir as cidades, e de consertar tudo que estivesse quebrado.

Quando me virei para o guarda, pude vê-lo enxugando uma lágrima. Então ele abriu a porta da cela para me deixar entrar.

Mary e Jamie ergueram a cabeça, os olhos arregalados de surpresa.

— Eliza?

— Vou deixar vocês ficarem um tempo sozinhos. Deus os abençoe — o guarda parecia querer dizer mais alguma coisa. Ele hesitou, como se estivesse considerando deixar a cela aberta, nos dando uma chance de escapar. Mas depois girou a chave com um suspiro e o ferrolho deslizou, trancando a porta como de costume.

Mary me olhou espantada.

— Pensamos que você estivesse morta.

Jamie correu para meus braços, me fazendo cambalear para trás, então caímos juntos no chão. Mary se aproximou e também nos abraçou.

— Mary, Jamie — eu disse, meus olhos se movendo rapidamente de um para o outro. — O que aconteceu? — estendi a mão para tocar no rosto e no cabelo de Jamie, maravilhada. A pele dele parecia quente, não fria e úmida como normalmente estava. — Vocês parecem tão saudáveis!

Mary e Jamie se entreolharam em silêncio.

— O quê? — eu perguntei. — O que foi?

Mary colocou o dedo sobre os lábios, indicando que eu deveria ficar quieta. Então foi até a porta da cela e espiou lá fora. O guarda não estava muito longe, mas estava de costas para nós.

— Nós prometemos não contar a ninguém — minha irmã confidenciou.

— Ele disse que seria morto se alguém descobrisse — Jamie disse.

— Quem seria morto? — eu questionei.

Jamie foi até o fino colchão no chão e puxou um pedaço de musselina que tinha ganhado como cobertor. Em seguida, colocou a mão embaixo do colchão e puxou um vidro cor de âmbar, cheio de pequenas pílulas brancas.

Então colocou o vidro na minha mão.

— É um antídoto para o veneno da estrela negra.

Estrela negra. Era o que tinha envenenado minha mãe quando ela estava grávida de Jamie. Olhei para a garrafa, incrédula. Por todos aqueles anos havia um remédio para aquilo e não sabíamos. Na etiqueta, em pequenas letras, estava escrito Laboratórios C.H. Claro que de Cornelius Hollister: o homem que havia inventado a estrela negra também tinha conseguido obter a cura para ela.

— Quem deu isso para vocês? — eu perguntei.

— Um dos soldados.

— Qual deles?

— Ele nunca nos disse o nome dele — Mary respondeu. — Não era um dos soldados de sempre. Ele veio aqui só uma vez, para nos dar o remédio.

— Você se lembra de como ele era? — eu perguntei, ansiosa.

— Estava escuro demais para conseguirmos ver. Ele trouxe à noite, enquanto estávamos dormindo. Apenas ouvi alguma coisa cair pela abertura da porta.

Eu olhei para a garrafa.

— Por que ele daria a cura para vocês quando sabia que vocês iam morrer de qualquer jeito? — eu disse alto, e imediatamente me arrependi.

— Eliza! — Mary disse em um sussurro áspero. Os olhos dela pousaram em Jamie, finalmente saudável, mas sem poder viver para aproveitar.

— Bom, é verdade — eu concordei, impotente, apertando o rosto com as mãos. Pela primeira vez na vida Jamie estava saudável. E agora estávamos todos os três juntos, mas pela manhã iríamos morrer todos juntos também.

— Sinto muito — eu gaguejei. — É que parece tão injusto. Tão cruel — eu parei antes de falar mais.

Mary mordeu o lábio superior, um hábito que tinha quando estava nervosa ou tentando tomar uma decisão.

— Eliza, o que aconteceu? Ouvimos um dos soldados dizer que você tinha escapado da Torre, mas depois disseram que você tinha morrido.

Sentei-me entre eles na cama, os três de mãos dadas. Eles escutavam atentamente enquanto eu contava sobre o mergulho do topo da Torre — Mary gritou ao ouvir isso —; o cavalgar para o norte com Calígula; sobre o exército de Resistência; e sobre marchar de volta a Londres. Por fim, lhes contei a respeito do nosso fracassado ataque à Torre naquela manhã.

— A última coisa que vi foi Calígula escapando quando os portões se fecharam. E espero que Polly sobreviva — eu disse, apertando a mão de Mary.

A chama da vela apagou e a cela ficou escura. De longe escutávamos o eco do som de passos patrulhando a Torre. Jamie colocou a cabeça no meu ombro e eu fechei os olhos, sentindo o cheiro do cabelo dele. Senti meus lábios tremerem, meus olhos se encherem de lágrimas, mas me forcei a pensar em coisas boas.

— Você acha que existe um Céu? — Jamie perguntou, a vozinha dele flutuando na escuridão.

Fiquei parada, com medo de responder, porque não tinha certeza.

— Sim, Jamie — Mary respondeu. — E amanhã vamos ver mamãe e papai.

— E Bella — eu acrescentei. — Ela vai latir no exato segundo em que vir você.

Jamie deu uma risada. Rir da nossa própria morte parecia estranho, mas era tudo que podíamos fazer. As mãos de Jamie estavam entrelaçadas nas minhas costas, e eu podia sentir o constante subir e descer do peito dele, no ritmo da respiração. Olhei para o outro lado para ver se Mary estava dormindo. Os olhos dela estavam fechados, a boca levemente aberta, enquanto ela respirava suavemente. Mesmo dormindo, ela tinha uma expressão de compostura e dignidade.

Inclinei-me, dando um beijo na testa de Mary, depois em Jamie. Agora eu estava finalmente livre para chorar. Então escondi o rosto no cobertor para abafar os soluços.

Costumávamos fazer nossas preces todas as noites quando éramos mais novos, e agora me vi fazendo o mesmo de novo.

— Deus abençoe as pessoas que vou deixar para trás: Polly, George, Clara... — enquanto eu falava, pensava nos corpos empilhados no pátio. — Por favor, Deus, permita que Eoghan veja os filhos de novo. Permita que Polly viva. E que os pais dela encontrem segurança. Por favor, cuide do general e de todos os soldados. Querido Deus, nos deixe juntos no Céu, com nossa mãe e nosso pai. E obrigada pela vida que tive. Amém.

33

NOSSOS OLHOS FORAM VENDADOS. NÃO CHEGUEI A VER O rosto dos soldados que vieram nos buscar; apenas ouvi as vozes deles. Enquanto nos preparavam para nossa execução, percebi que não eram maus nem duros, apenas eficientes.

Um dos homens, com uma voz baixa e mãos que cheiravam a cigarro, disse para ficarmos com as mãos atrás das costas. Quando me amarrou os pulsos, a mão dele parecia uma lixa.

Ouvimos o barulho de chaves e da porta da cela se abrindo.

— Mary, Elizabeth, James — disse o homem, nos colocando em fila por idade. Marchamos em seguida pelo corredor e descemos a escada em espiral. O guarda segurava meus pulsos tão apertado que comecei a não sentir mais os dedos.

— Cuidado, Jamie — eu sussurrei. Eu estava prestes a lembrá-lo de sempre segurar no corrimão quando me lembrei de que as mãos dele também estavam amarradas.

Como não podia ver nada, eu dava passos pequenos. Então me veio a nítida lembrança de uma vez em que Bella, ainda filhote, saiu para buscar um graveto em cima de uma poça congelada. Eu fui na ponta dos pés, caminhando sobre o gelo, para pegá-la. E a maneira como eu andava agora, como se estivesse com medo de que o chão se partisse embaixo de mim, me lembrou da forma como caminhei sobre a água congelada naquele dia.

Ouvi Mary na minha frente. Mesmo agora, ela se movia com os passos elegantes e firmes de uma rainha. De todos nós, ela tinha a visão mais clara do próprio futuro e da vida que agora era forçada a abrir mão. Lembrei-me de quantas vezes ela costumava dizer: "Quando eu casar"; "Quando eu for rainha"; "Quando eu tiver filhos". Ela tinha uma lista com os nomes de menino de que mais gostava, e outra com nomes de menina. Hoje, ela não iria gritar nem perder a compostura. Ela permaneceria forte. Morrer de forma graciosa não foi exatamente algo que nos ensinaram nas nossas aulas de etiqueta, mas Mary tinha vivido como uma rainha por dezoito anos, e eu tinha certeza de que ela morreria como uma.

Perguntei-me o que diriam de nós um dia, quando as crianças chegassem ao nosso capítulo dos livros de história. Seríamos mesmo os últimos da linhagem da verdadeira monarquia britânica?

Ao pé da escada, o ar tinha cheiro de pedra e de chuva fria. As portas se abriram e senti o alívio do ar fresco no rosto. Senti também uma gota de chuva na bochecha, depois outra na testa.

Meu estômago se revirou com um medo repentino. Aquela era a última vez que eu sentiria os cheiros e as sensações do começo da manhã, ou a chuva no rosto. Depois de tudo o que tinha acontecido, tudo o que eu tinha sofrido e pelo que tinha lutado, eu não podia acreditar que tinha chegado a esse final: uma caminhada no escuro. Qual tinha sido o sentido da minha vida tão curta? Eu tinha sido uma filha, uma irmã e uma amiga. Era suficiente? Minha mãe sempre dizia que a coisa mais importante na vida era amar e ser amado. Eu tinha feito as duas coisas.

— Venha comigo — senti um dos guardas me empurrar para a frente.

— Espere — Então tirei os sapatos para sentir a grama cheia de orvalho, que parecia macia, mas pinicava ao mesmo tempo. Eu precisava sentir a grama sob os pés uma última vez.

— Eu quero correr — Jamie disse, a voz dele se elevando esperançosamente. — Por favor.

— Não é permitido correr — o guarda respondeu com severidade.

— Por favor, deixe — Mary implorou. — Ele foi doente a vida inteira... Até agora.

Ouvi o segundo guarda sussurrar alguma coisa para o primeiro. Queria poder ver o rosto deles.

— Tudo bem — o primeiro guarda concordou relutantemente. — Três minutos. Vamos tirar sua venda para que não tropece — ele acrescentou de forma áspera.

Eu não podia ver Jamie, mas ouvia os pés dele batendo no chão e a alegria na sua voz enquanto ele gritava, feliz. Emocionados, os soldados o deixaram brincar por bem mais que três minutos. E por uma vez na vida, Jamie pôde correr do lado de fora de casa, como um garoto normal, enquanto a chuva caía mais forte. Até que no relógio da Torre soou a hora da nossa execução.

— Retirem as vendas deles — disse alguém, e imediatamente reconheci a voz de Cornelius Hollister.

Quando tiraram minha venda, olhei em volta da Torre Verde, que estava quase explodindo de tanta gente: o exército de Hollister. Vi alguns rostos familiares: Portia e Tub, vestidas para a ocasião. O Sargento Fax, o peito estufado de uma satisfação ambiciosa. E em pé, de uniforme, no meio da linha de frente dos soldados, Wesley. Deixei meus olhos repousarem nele. Eu tinha certeza de que ele, com vergonha, iria virar o rosto, mas Wesley sustentou meu olhar sem piscar. Lembrei-me do jeito carinhoso com que ele me ajudou a cuidar das minhas feridas na casinha da floresta, da sensação gostosa de ter os braços dele em volta de mim. E, naquele momento, eu soube que nosso momento juntos tinha sido verdadeiro. Eu não me arrependia. Ele nasceu na família dele, assim como eu nasci na minha, e, no fim das contas, merecia que eu o perdoasse.

Guardas nos levaram para ocuparmos nossos lugares no patíbulo. Três cordas com nós espessos estavam penduradas na nossa frente, balançando suavemente com a brisa. Um homem usando uma máscara e uma capa estava ao lado da plataforma, perto de uma manivela. O chão de madeira embaixo dos meus pés parecia oco. Olhei para baixo e vi que era a porta de um alçapão. Um cavalo e um carrinho de madeira velho estavam amarrados na estrutura. Em alguns minutos ele levaria nossos corpos sem vida para o cemitério.

Hollister virou-se para a multidão, erguendo as mãos para pedir silêncio enquanto listava as acusações contra nós. Aparentemente, éramos culpados de traição, cerceamento da liberdade... Enquanto ele falava com o exército, eu me desliguei do que ele dizia e passei a observá-lo com mais atenção. Ele estava vestido com um uniforme escuro de comandante, adornado com medalhas que tinha concedido a si mesmo. Ele sorria com aquele sorriso branco, de dentes pontudos, que não havia mudado desde que entregara a fruta fatal para minha mãe. O rosto de Hollister tinha envelhecido, ficado enrugado. O cabelo tinha ficado levemente grisalho nas têmporas, mas o sorriso era o mesmo, e os olhos azuis resplandeciam de satisfação.

— Curvem a cabeça e façam as últimas preces — ele ordenou. Por mais que eu quisesse lhes sussurrar um último adeus, não achava que aguentaria olhar para meus irmãos agora. Assim, mantive os olhos atentos e voltados para a frente, ignorando o escárnio da multidão.

Uma revoada de corvos circulou em volta da forca. Havia uma lenda que dizia que, se os corvos deixassem a Torre, a coroa cairia e a Inglaterra cairia com ela. Mas eles não estavam voando para longe: estavam sobrevoando a multidão, se aninhando nos telhados e corrimãos como espectadores nos melhores assentos da plateia.

Quando o carrasco colocou as cordas nos nossos pescoços, Mary se recusou a baixar a cabeça ou a rezar. Ela olhou para a frente, o queixo erguido e os olhos firmes. Nem uma lágrima caiu dos olhos dela. Lá de longe, ela devia parecer forte, mas eu podia senti-la tremendo do meu lado.

Jamie baixou a cabeça.

— Mamãe, papai, não posso esperar para vê-los no Céu, onde seremos felizes e saudáveis, e onde estaremos seguros... — lágrimas rolaram pelas bochechas do meu irmão e se misturaram com a chuva que caía à nossa volta.

O carrasco colocou as mãos, protegidas com luvas pretas, sobre a manivela. As cordas se retesaram, puxando-nos pelo pescoço. Fiquei na ponta dos pés, na esperança de que isso aliviasse a dor furiosa que eu sentia em todos os nervos do corpo. A qualquer momento agora, o alçapão se abriria e tudo ficaria escuro.

Em seguida, vi um flash vermelho e pensei que já estava morrendo. Mas percebi que meus pés ainda estavam em cima do alçapão. Ouvi um homem urrar em agonia e abri os olhos. O carrasco estava caído com a cara na lama, uma dúzia de flechas cravadas nas costas dele como se ele fosse uma almofada de alfinetes humana.

E então Wesley estava no patíbulo, me levantando para afrouxar a corda enquanto a tirava do meu pescoço. Cambaleei para a frente, minha visão embaralhada com pontos pretos. Ele começou a desamarrar meus pulsos, mas eu o empurrei, fazendo um gesto em silêncio na direção de Mary e Jamie. Ele precisava salvá-los primeiro.

Neste exato momento, Hollister alcançava a manivela, tendo o destino dos meus irmãos mais uma vez nas mãos dele.

34

WESLEY SE ATIROU SOBRE A MANIVELA. HESITEI ENTRE Mary e Jamie, incerta do que fazer primeiro. Minha hesitação durou menos de um segundo, mas parecia uma eternidade. Jamie olhou para mim, os olhos arregalados de pavor, quando Mary chamou minha atenção.

Salve Jamie! — ela gritou, acabando com meu transe. Corri para meu irmão, levantando-o para afrouxar-lhe o nó em volta do pescoço. Meus dedos, trêmulos, trabalhavam de forma atrapalhada, enquanto eu me esforçava para afrouxar o nó. Queria ter uma faca para cortar aquilo de uma vez. Dei uma espiada para onde Hollister e Wesley lutavam pelo controle da manivela. Wesley usava toda a força que tinha contra o pai, a fim de impedir que a manivela fosse abaixada.

Finalmente consegui afrouxar o nó no pescoço de Jamie e então corri para Mary. A manivela subiu e desceu um pouco, e a corda puxou um pouco mais o pescoço dela. O rosto de Mary mudou para um tom vermelho-escuro enquanto ela ofegava, tentando respirar. Estava chegando perto dela quando alguém me segurou pelas costas, me derrubou no chão e pisou no meu estômago com uma bota pesada. Era o Sargento Fax, que tinha os lábios virados para baixo, em uma careta raivosa.

— Mate-a! — Hollister gritou para Fax, arfante, enquanto continuava a lutar com Wesley.

— Com prazer — Fax sorriu, esticando a mão para pegar a sevilhana. Tentei me soltar, mas a bota dele e todo o peso do seu corpo me prendiam no chão e eu não podia escapar. Assim que ele ergueu a sevilhana, um corvo deu um mergulho e bateu as asas na cara dele. — O que... — o Sargento Fax cambaleou para trás, caindo da plataforma, e me levou com ele.

Rolei para longe quando caímos e ouvi o exército irromper com um rugido súbito.

As forças de Resistência tinham chegado.

O general Wallace destruiu os portões da frente e marchava com a cavalaria para dentro da Torre Verde, enquanto os soldados de infantaria escalavam os muros pelo lado de fora, usando cordas e picaretas.

Tentei subir novamente a escada do patíbulo, tentando enxergar alguma coisa em meio à chuva que agora caía forte, mas Fax estava logo atrás de mim. Wesley e Hollister ainda lutavam do outro lado da plataforma. O corpo do carrasco tinha sido jogado longe. Corri até ele, procurando uma sevilhana, mas tudo que achei foi uma faca curta. Ia ter de servir.

Virei-me bem a tempo de bloquear um ataque selvagem de Fax. Arrisquei olhar para Mary. Uma flecha estava cravada na lateral do corpo dela, e sangue escorria do seu vestido vermelho. Jamie estava se esforçando para ajudá-la, mas ele não conseguia levantar o corpo já flácido dela o suficiente para soltar o nó. *Ela está morta*, pensei. *Mary está morta.*

Continuei lutando com Fax, meus músculos se esforçando para empurrar a faca contra a sevilhana, que era muito mais potente. Com o canto dos olhos, vi um soldado de cabelo escuro, a cavalo, se afastar um pouco das forças de Resistência e voltar. Quando ele se aproximou mais um pouco, percebi que era Eoghan. Ele pulou do cavalo para o patíbulo e cortou a corda de Mary com um único golpe. Naquele momento, juntei todas as minhas forças para empurrar o Sargento Fax, então me virei e subi correndo as escadas da plataforma.

Mary estava caída no chão. Ela estava totalmente parada, o rosto branco como papel. Jamie sentou-se ao meu lado e segurou a mão fria de Mary nas dele.

— Ela está respirando? — eu gritei.

Eoghan segurou Mary nos braços. Ele encostou a ponta dos dedos na garganta dela, procurando sua pulsação. A chuva continuava caindo pesada à nossa volta, nos atingindo como milhões de balas. Havia sangue na lateral do corpo de Mary, de onde a flecha agora saía em um ângulo estranho. Eu podia ver que ela ainda estava respirando, mas era uma respiração muito fraca.

Eoghan puxou a flecha com cuidado, depois arrancou um pedaço de tecido da própria camisa e amarrou-o bem apertado em volta do ferimento dela. Eu olhei para o tecido desesperada: já estava manchado de sangue.

— Vou levá-la até Clara — Eoghan disse. Então montou novamente no cavalo e se inclinou para pegá-la nos braços. A cabeça dela tombou para trás, depois para a frente de novo, como a de uma boneca de pano. Eoghan envolveu o peito dela firmemente com um braço enquanto segurava as rédeas com a mão livre, partindo em disparada pelo campo de batalha encharcado na direção do portão.

Jamie e eu descemos correndo do patíbulo e nos escondemos atrás do carrinho que já deveria ter sido carregado com nossos corpos sem vida. Tudo que eu tinha era a faca, e, apesar de me garantir com ela, não podia arriscar a vida de Jamie. Era mais seguro nos escondermos.

O chão era uma lama só e o barulho da chuva abafava os sons da batalha. Enquanto o exército de Hollister lutava contra a resistência na Torre Verde, Wesley lutava contra o pai ao lado do patíbulo.

— Você sabe qual é a pena para traição — Hollister rosnou, apontando a espada para a garganta do filho.

— Eu não sou traidor — Wesley respondeu com raiva. — Foi você quem traiu a Inglaterra. Você é um assassino, e agora as pessoas não têm mais medo de você. Você pode me matar, mas é tarde demais. O povo vai continuar a lutar e vai derrotar você.

— É o guarda que me deu o antídoto — Jamie sussurrou, apontando para Wesley. — Eu me lembro da voz dele.

A mão de Hollister tremia de raiva enquanto ele brandia a espada com toda a força contra o filho, golpeando-o sem descanso. Wesley deu um passo para atrás, bloqueando os ataques com a sevilhana. Seu pai estocou novamente, cortando a mão de Wesley, que deixou a sevilhana cair no chão.

Apertei a mão de Jamie, mas ele me empurrou, correndo do nosso esconderijo para a frente do patíbulo.

— Jamie, não! — eu gritei, mas ele já tinha corrido para onde a sevilhana de Wesley tinha caído. Ele a pegou e correu para o outro lado da plataforma. Eu corri atrás dele.

— Nunca pensei que ia ter que matar meu próprio filho — Hollister falou, mas não parecia triste.

Neste exato momento, Jamie apareceu atrás de Hollister e jogou a sevilhana para Wesley. Em um só movimento, ele pegou a arma, chicoteando-a no ar para desarmar Hollister. De repente, Wesley encostou a sevilhana na garganta do pai, imprensando-o contra o patíbulo.

— Vá em frente — rosnou Hollister. — Ou você não tem coragem de terminar o que começou?

Wesley deu um passo atrás, mas manteve a arma na mesma posição.

— Essa escolha é de Eliza — ele disse, surpreendentemente calmo. — Ela é quem merece vingar a morte dos pais.

Engoli o medo, pegando a espada de Hollister do chão e tentando mantê-la firme, apesar das minhas mãos trêmulas. Então encostei a ponta da espada no coração dele. Eu tinha fantasiado sobre aquela vingança por tanto tempo, a raiva borbulhando dentro de mim de maneira tão intensa, que achava que ia explodir com ela. Mas agora que o momento finalmente tinha chegado, eu me sentia enganada. Matá-lo não iria trazer meus pais de volta. Gente demais já tinha morrido naquela guerra.

Baixei a espada.

— Amarrem ele — eu ordenei, e quatro dos soldados do general apareceram para algemar as mãos e os pés de Hollister. Eu não tirava meus olhos dos dele. — Você pode passar o resto da vida no topo da Torre, pensando nas pessoas que matou.

O general levou Hollister embora, na direção da Torre de Aço, exatamente quando o último soldado do exército inimigo escapava pelo portão. Também vi Portia fugindo, o cabelo louro flutuando no ar enquanto ela passava pelo portão, seguida por um Sargento Fax coberto de sangue.

A chuva continuava a cair na Torre Verde, agora deserta. Duas cordas vazias ainda pendiam da forca, balançando ao sabor do vento. Então observei os corvos aninhados nos espigões do telhado, aconchegados em ninhos de gravetos e palha. Eu não podia acreditar. Tinha acabado. Depois de tantos meses, de tanto sangue derramado, e de tantas mortes e dor no coração, tinha acabado.

Wesley segurou minha mão.

— Sinto muito — ele começou a dizer devagar. — Quando acordei naquela manhã e vi que você tinha sumido, eu sabia exatamente para onde você tinha ido. Voltei para o acampamento para buscar um cavalo e Portia me seguiu. Acho que ela suspeitava do que estava acontecendo — ele fez uma pausa, olhando para baixo, com tristeza. — E depois vi você no telhado... eu nunca quis que aquilo acontecesse.

— Eu sei — eu disse, e estremeci, não sei se de frio, de alívio, ou por causa de alguma outra coisa completamente diferente. — Sei disso agora.

Wesley me abraçou e, como não me afastei, ele tocou seus lábios nos meus. Senti uma coisa vibrante, uma espiral de fogo dentro de mim, que me mantinha aquecida apesar da tempestade fria como gelo.

Então senti alguém me puxando pela manga. Um Jamie ensopado estava parado timidamente do nosso lado.

— Eliza, a gente pode sair da chuva? — ele perguntou, cobrindo os olhos para protegê-los das gotas.

Wesley pousou as mãos na minha cintura e eu estiquei a mão para Jamie, abraçando-lhe os ombros. Olhei para o céu, a chuva caindo nos meus olhos. — Obrigada — eu sussurrei para quem quer que estivesse ouvindo.

Estávamos vivos.

Epílogo

ERA UM DIA PERFEITO DE VERÃO. CHUMAÇOS DE NUVENS cruzavam o céu azul-claro enquanto uma leve brisa soprava a grama sob a luz quente do sol. Havia um festival de rua acontecendo na praça do vilarejo para celebrar a coroação de Mary e agradecer ao povo de Balmoral por sua ajuda. Havia também quadrilhas, mastros enfeitados para as crianças, jogos e brincadeiras, e um palhaço malabarista, além de violinistas e de escoceses tocando gaitas de foles. Cavalos e burros de crinas penteadas e trançadas com fitas douradas estavam à disposição para serem montados pelas crianças da cidade. Sorri ao ver Calígula, uma cabeça mais alta do que os outros cavalos, carregando três crianças nas costas e aguentando pacientemente várias outras que lhe penteavam o rabo. A igreja tinha sido pintada desde que o exército de Hollister tentara queimá-la, e ela brilhava de tão branca sob o sol.

Tendas tinham sido armadas na praça para o caso de chuva, mas não havia chance de isso acontecer. Fileiras de longas mesas se espalhavam, cobertas com tortas e bolinhos caseiros, pães recém-saídos do forno, queijos, cidra gelada, e outras delícias há muito esquecidas. Pessoas viajaram quilômetros para participar da festa.

Em seu primeiro ato como rainha, Mary doou as terras reais para os fazendeiros britânicos. Por toda a Inglaterra, safras frescas foram plantadas para alimentar a nação. As massas não estavam mais passando fome. E o mais importante: Cornelius Hollister estava seguramente preso na Torre de Aço, e o exército dele havia debandado.

Mary recebia seu povo de braços abertos. A ferida provocada pela flechada ainda lhe causava dor, e, apesar de ela tentar disfarçar, às vezes eu a via estremecer, antes de se policiar e disfarçar com um sorriso gracioso. Eoghan estava constantemente ao lado dela, o cabelo escuro e trajando um terno de verão azul-marinho. Os dois filhinhos dele brincavam nos mastros enquanto ele e Mary observavam.

Depois da prisão de Hollister, Wesley e eu havíamos ido até a casa onde Nora e Rita moravam. Nós as encontramos cansadas e magrinhas, meros esqueletos do que tinham sido, vivendo de ervas e dos enlatados que tinham armazenado. Então decidimos trazê-las para Balmoral, onde foram instaladas na pequena casinha de jardinagem: uma casa nova, livre das lembranças que lhes traziam pesadelos desde aquela noite. Mas nunca lhes contei que eu tinha participado daquele assalto.

Eu estava em uma área ensolarada no gramado vendo Wesley e Jamie jogarem futebol. Jamie finalmente estava aprendendo os truques do jogo que antes nunca pôde jogar. Minha visão ficou turva com lágrimas enquanto ele ria e corria, chutando a bola livremente. Por que será que cenas felizes agora enchiam meus olhos de lágrimas? Mas eu não queria chorar. Assim, me levantei e me dirigi para as mesas repletas de comida.

Polly, Clara e George estavam reunidos em volta do general Wallace, que contava novamente histórias sobre os aviões de guerra em que voara muitos anos atrás. Clara estava sentada bebendo um copo de limonada. Ela usava um vestido novo, que ela mesma tinha costurado. Eu reconheci o tecido: pequenas flores roxas contra o fundo azul. Aquilo já tinha sido a cortina do quarto de Polly.

Polly se aproximou. Ela tinha prendido o cabelo no alto e usava um vestido branco e amarelo que já tinha sido de Mary.

— Você está bonita — eu disse.

— Você também — Polly retrucou.

Meu cabelo tinha crescido até um pouco abaixo das orelhas, e a cicatriz no rosto estava desaparecendo.

— Você viu aquele bolo de chocolate? Estou morrendo por um pedaço.

Peguei na mão dela.

— Vamos pegar um pedaço — então caminhamos até a mesa, olhando embasbacadas para o bolo redondo de três andares. Eu não conseguia me lembrar da última vez em que tinha comido chocolate. Aquilo era uma raridade.

Quando cortamos uma fatia para dividir, vi um garotinho carregando uma tigela branca e azul cheia de morangos. Ele parecia ter 5 ou 6 anos e vestia um macacão.

— Dá só uma olhada nesses morangos! — Polly gritou, a boca cheia de bolo. — Onde você os encontrou? — ela perguntou para o menino, olhando embasbacada para a tigela como se olhasse para uma linda obra de arte.

A cor vermelha vibrante das frutas e o brilho delas era de encher a boca de água — mas também havia algo estranho nelas. Eu peguei um, depois outro, e depois um terceiro. Cada morango era exatamente igual, como se tivessem sido feitos com um molde.

Polly colocou um morango nos lábios, prestes a mordê-lo.

— Polly, espere! Não! — eu gritei, derrubando o morango das mãos dela. Um tom de rosa manchou-lhe os lábios.

— O que foi? — ela gritou, assustada com o pânico que viu nos meus olhos.

Então peguei rapidamente um guardanapo e limpei o sumo dos lábios dela, como uma mãe faria com uma criança. Em seguida, abri a fruta no meio com os dedos. Lá dentro estava cheio de pequenas estrelas de metal. Deixei o morango cair no chão, me virando para correr atrás do menino. Percorri a grama superlotada, procurando o azul do macacão dele, o cabelo louro quase branco, mas não o vi entre as pessoas dançando, bebendo e tocando música. O sol bateu no meu rosto e protegi os olhos, mas sabia que não iria encontrar mais nenhum sinal dele.

O menino tinha desaparecido.